会武街往事

赵彦之 著

北京出版集团
北京十月文艺出版社

目录

引　子		1
第一篇	会武街杂事	1
第二篇	四少	56
第三篇	言书娇	109
第四篇	某女	141
第五篇	小梅	191
第六篇	回声	231
后　记		274

引 子

　　大概一百多年前，一户姓吴的山东人颠沛到了奉天城。那时候还没有会武街，有的只是一片烂泥破房，吴家男人掂量着所剩无几的盘缠，放弃了更北边的目的地，带着全家落地生根。吴家男人会拳脚，扛活营生之余收了几个弟子，说是不想荒废一身功夫，实则是借着徒弟们壮声势，拉帮结派，免得被坐地户欺负。从此，吴家男人便成了吴师父。

　　之后几年十几年，又来了不少山东人，人都是这样，流落异乡，更要抱团聚众，此时吴家男人已经有了些微名，老乡来投奔，便有了拜码头的意味，手里掂着花生大豆红枣，嘴上说着多多关照。吴师父听着那些热烘烘的乡音，或由衷或不由衷的恭维，忽然萌生了再上一步的念头，于是起意，要众人捐资，修建一座庙。庙中供孔子和观世音，保佑这些离乡背井的流民多子多孙，子孙多福。事是好事，透着吉利。何况初来乍到，总不好驳了吴师父的面子，无多有少，都会掏出点心意来。吴师父也知道光靠这点钱根本不够修庙，可说出的话泼出的水，再没有回头的道理，只能硬撑头皮去找真正的财主化缘。奉天城财主不少，敲开十家门，总有一家愿意积德行善，条件只有一个，庙修好了，也要供奉上财神爷。吴师父连连点头，签字画押，笑容满面。临走前人家问，庙址选在哪条街？吴师父顺口答，南市场再往南，护城河往北，风水宝地，会武街！

从此，吴师父成了吴士绅，奉天城多了一条会武街，街头有座山东庙，前殿供财神，正殿拜孔子，转身过去还有观音菩萨慈悲众生，香火鼎盛，保佑人们发财升官子孙满堂。

当然，这只是一个传说，一百多年的漫长时间足够让所有传说虚无缥缈真假难辨。能够确定的是，沈阳有条会武街，会武街隶属山东庙街道，居民中确有不少人祖籍山东。街上还有吴姓人家，是不是百年前吴家的后人，待考。

会武街历经百年风雨，生老病死，总有故事发生，事儿不大，不英雄，不辉煌，不够著书立传，故事里的人却是活生生的，有名有姓，天地再大都跟他们无关，在各自的心怀里总觉得自己那点事足够写本书，他们把这句话挂在嘴边：我经历的那些，足够写本书……那就写吧，够不够，姑且记之，姑且看之。

第一篇　会武街杂事

吴大力死了。

吴大力早死了。

吴大力生下来三天就死了,被他妈埋在南运河边上,天黑时候挖了一个坑,盖上一层土。他妈兴许是怕他憋屈,土只铺了极浅一层。

那天晚上风大,后半夜就把吴大力吹到了月光下头。吴大力眼睛是睁开的,把不该看见的都看见了。那天是公历一九八七年二月十五日。

1

我叫吴大力。我不属于人间,也不属于阴间,我的魂魄游荡在南运河西段会武街以东，这是我的世界。

我妈不知道我还在，知道了也没办法，她是痴的，小时候生病烧坏了脑子。我妈连我爸是谁都不知道。会武街的老街坊茶余饭后猜谜破闷儿，把整条街乃至附近几条街的浑蛋从头数到尾，也没查出真相，只是翻腾出不少陈芝麻烂谷子的旧事，认定这些人自小便生就作奸犯科的痕迹。数落够了，各自散去。半夜里几户人家的玻璃窗碎了，碎玻璃差点崩瞎人眼。新玻璃换上，人们再不提这一茬。

我死了没多久，我妈就被我姥爷捆上了一辆倒骑驴，手里塞了一个红鸡蛋，屁股下头是姥爷的全部家当。我妈满脸痴笑，看日头红艳艳，看青草绿油油，心里眼里欢喜。姥爷跟邻居说要回老家去，再不回沈阳城了，活着太遭罪了。这话听着不像搬家，像是寻死。谁知道呢，反正我再也没见过我妈。估计她也早把我忘了。

吴大力这三个字是我姥爷定下的，跟他姓。姥爷这辈子有过三个孩子。大舅武斗的时候站错了队，被人一梭子搂倒，死在中街牌楼下头，鲜红的血和脑浆流了一地。半夜里姥爷带着二舅去收尸，被埋伏的人抓个正着，五花大绑起来，又是一通游街批斗。等这通乱够了，大舅的尸首也早就不知被扫到哪里去了，连个头发丝都没剩下。

二舅比大舅矮，瘦，机灵，用姥爷的话说，不长个，光长心眼了。冲锋陷阵的事找不到他，跟着哥哥吃挂落儿的亏倒时时挂在嘴上，隔三岔五吼出来，进不了国营厂也怨，对象分手也怨。

后来，二舅偷了家里所有积蓄和全国粮票到福建跟人做走私，本来应该心虚的事，他做得理直气壮。一开始赚了些钱，录音机电子表喇叭裤啥的，半新不旧的都弄进来，转眼就换成"大团结"。照例衣锦还乡，给姥爷弄了一个蛤蟆镜，给我妈弄了一件花衬衫，站在院子里散烟，给孩子分酒心巧克力。再走的时候二舅拍着胸脯留话，等过两年把姥爷和我妈都接到南边去，天天吃海鲜、洗海澡。

不过要是真那样，也就没我了。

二舅死得蹊跷。船在码头停着，人挤在两条船中间，腰挂在船帮一个废弃的锚上，站着死的。最后定的是酒后失足，意外落水。姥爷不干，把我妈托付给邻居，背着一袋子馒头跑到南边要个说法。说法不一，有说是分赃不均，有说是桃色事件，也有人说是水鬼索命。等于没说法。本就是捞偏门，也没人给赔偿。

姥爷跑了十来天，发霉的馒头吃光了，身上只剩下一张车票钱，连太平间的托管费都拿不出。还是桃色事件里的另一半，一个红头发绿眉毛的女人江湖救急，把太平间火葬场的账都接下来了。骨灰烧出来，装在最便宜的骨灰盒里，姥爷端着，捧到女人跟前问，要不？不要我就撒海里。女人连退好几步，用别人看我妈的眼神看我姥爷。姥爷嘿嘿一笑，真就把骨灰扬海里了，就在出事的船边上，也是一根头发丝都没剩下。

回来后，姥爷大病一场，病好了，我妈显怀了。姥爷一口老血喷出来，恨不得带着痴女儿一头撞死。还是邻居大妈一句话把姥爷点破了，说不定是你家老二投胎转世回来了，三太爷显灵，舍不得断了你老吴家的香火呢。姥爷眨巴眨巴通红的眼睛，望着一脸痴笑的闺女，长叹一口气，这才算是留下了一家三条命。

我妈在家生的我，邻居大妈帮忙接的生。"是个大胖小子。"她伸出血淋淋的手指头在我姥爷眼前表功，嘴里念叨着，"这就好了，以后你就有盼头了。"姥爷点头又叹气，血脉相传是好事，可怎么把我养大也够愁死人。

没想到好事成双。在我第一嗓子哭出来的时候，我妈浑浊的眼神登时亮了，喂奶无师自通，嘴里还哼起我姥姥当年唱的摇篮曲。姥爷在外屋听见，老泪纵横，想着老吴家有指望了。给孩子起个名字吧？叫啥？男孩子，不指望出人头地，以后有把好力气，能伺候他妈就行。

于是，我叫吴大力。

第三天早上，我妈给我喂了奶，又笨手笨脚帮我换好了尿布。姥爷去大西菜行买了一个猪蹄，给我妈炖了锅汤。屋里热气腾腾的，活像正往好日子奔的好人家。我哭了两嗓子，突然憋红了脸，突然就抽了，突然就死了。姥爷的猪蹄还没出锅，我妈的歌谣还没哼完。

现在要说回到那天，一九八七年二月十五日。深夜，我脸上的薄土被风刮走，眼睛被刮开，天上有一个挺好的月亮。我躺在南运河边，这儿多年前是盛京的护城河，够深，能够阻挡兵马。后来废弃了，被百姓当成了垃圾场，日深月久的，河床快要填平，不论冬夏臭气熏天。再后来政府决心整治，弄来建筑队卡车队，运走垃圾，平整河床，引来棋盘山下水库的水，灌出一条碧绿的运河。又在河两边建小公园，种杨柳和串红，当作沈阳城新景。好看了几个月，河里又漂上了各种垃圾。到了冬天，浑浊的河水结成冰，也是半灰半绿的颜色。我躺着，一动不动，风越来越大，掉光了叶子的树枝变成鞭子互相抽打，彼此纠缠。

这是我第一次看到外头的世界，冰冷的、坚硬的、粗粝的。但说实话我一点也不怕，因为这个世界拿我一点办法也没有。

我看见了一个女人，一个挺好看的女人，柳叶眉，杏核眼，瓜子脸。后来我知道她叫小柳。我看见小柳从马路上冲下来，往结了冰的河面上跑，上气不接下气。

南运河没多宽，她跑到河中间的时候，有个男人追了上来，拦腰把她抱住。小柳踢蹬着，手往背后抓，抓了男人一脸花。男人不吭声，直喘粗气。小柳死命喊救命，声音被风吞了，除了我没人听见，可我救不了她。

我看见男人把小柳放倒，整个人压了上去。小柳拼尽气力，四肢在冰面上胡噜一通，想找个什么趁手的东西。男人骑在小柳身上，解开裤带，又去撕小柳的衣服。小柳绝望了，气软了，胳膊腿也没力气了。

眼看就要得逞，男人龇出一口大黄牙，喷出烟酒混合的臭气，俯下身亲过去。小柳把头扭到一边，心将死未死的当口儿，忽然看见一丁点金属的光。那是不知道谁家孩子白天玩的冰杴，就在小柳伸手能够到的地方。刚才那么胡噜居然都错过了。

小柳咬紧牙，伸手抓起冰杴，把带着金属钉头的一面对准男人的脑袋狠狠砸下去。男人愣了一下，小柳继续砸，专砸脑袋，对准太阳穴，用尽全身力气。冰杴梆硬，男人的肉脑袋没扛住，晕了，晃了。小柳抓住时机，另一只手死死薅了一把男人的私处，这下比脑袋还疼，男人抱着身子滚了下去。

小柳爬起来，半跪在男人身边，一下接一下凿着男人的脑袋。红的白的都砸出来了，流淌在冰面上。

月亮下头，小柳的脸苍白，风把她的头发刮乱了，有些糊在了脸上，她也不管，脸上渐渐没了怒气，不知道过了多久，她才把手里的冰杴扔出去，踉跄着站起身，往岸边走，她的脚步细碎飘浮，身后是那具早就没有活气的尸体。

这真是一个漫长的晚上啊，我停留在河边，用我空白的大脑想着，人为什么会生，又为什么会死？到底是死在自己手里好点，还是死在别人手里好点？很久之后我才知道，这些都算是无解的问题，问这种问题的人很多都被叫作疯子。

老伍、九哥和菜刀来的时候，天都快亮了。我还沉浸在对生与死的思考中。虽然我只做了三天人，也免不了犯这个是人都会犯的傻病。幸好他们来了，纷沓的脚步声打断了我的胡思乱想，我才发现不知什么时候开始下雪了。雪花细糯轻柔，洁白如初，像是要把所有肮脏不堪都淹没掉。

只一会儿，雪花成了小冰粒子，打在人脸上生疼。风好像从四面八方吹来，拧成麻花绳，又拧成鞭子，抽打着世间万物。东北管这种卷着呜嗷之声的天气叫北风烟雪，这种天气没人出门，在冰天雪地里干点啥都没人看见。

老伍手里拿着一个大编织袋，九哥和菜刀带着斧子和锯。他们直奔男人的尸体，可三个大男人围着尸体站成一圈，终是没能下得了手。互相对一个眼神，给彼此点上烟，这么大的风，点烟可真不容易，后来还是老伍扯开衣服，让九哥在他怀里弯腰低头才把烟点着了。烟头明明暗暗的，不多的歹毒决心都随之灰飞烟灭了。

留个全尸？不用开口，三个人心里盘算的都一样。人已经死了，最要紧的是别牵连小柳。三人再次分工，老伍和九哥回去拿汽油，菜刀去找冰朵，再看看周围有没有其他遗留的证据线索。

天很快就亮了，不过不是天光，是火光。老伍、九哥和菜刀站在河堤上，就在我脚下，脸被火光照得通红，都沉默不语。

老伍把冰朵塞进了裤子口袋。老伍的裤子上有很多口袋，这让我记忆深刻。

2

会武街不长，从头走到尾也不过两里地。街道隶属山东庙地区，从名字就知道，这是当年那些山东饥民闯关东到沈阳落脚者的群居地。后来世道乱了稳，稳了乱，到了破除一切的时候，庙拆了，孔子财神和菩萨去无踪迹。看着纷乱的世事，人们心里没底，总想要抓住点什么，于是放弃执念入乡随俗，偷偷在家里隐蔽的角落摆上东北保家仙，狐黄白柳灰。大多不清楚来历法术，只求心安。

我姥爷拜的胡三太爷就是我家的保家仙。姥爷做人细致，倒是打听清楚了，三太爷擅长治病，能保平安，这才摆上香炉，供上五谷，早晚磕头。可从大舅二舅和我妈的经历看，破除迷信还是有道理的。

　　到了一九八七年，会武街经过了新中国成立后最大规模的拆迁改造，各家的院子变成了统一的鸽子笼一样的楼房，七层高，没电梯。最好的楼层是三四五，都被那些稍微有点门路的人悉数抢去。最不好的是一和七。一楼返潮，七楼漏雨。老伍家住七楼，家里供着白老太太，保招财。

　　我是一路跟着老伍他们回来的。我看见小柳就在老伍家里，一点都不奇怪。小柳裹着军大衣，坐在木头凳子上，厨房水烧开了也一动不动。还是菜刀冲进去拧紧了瓦斯罐，骂了一句，×！后来我知道，菜刀话少，结巴，最流利的就是说这个×字。高兴说，不高兴也说，不同语气代表不同意义，实用，适用。

　　老伍看着小柳，小柳也眼巴巴地看着老伍。老伍闷声说，没事了。九哥从阳台拿了一瓶啤酒进来，咕嘟嘟倒下去带着冰碴儿的大半瓶。老伍盯着小柳说，都喝点，喝完睡觉。菜刀眨巴眨巴眼睛，咧嘴笑了，×！

老伍一个人住，爹妈死得早，那会儿还是老平房，烧炉子蜂窝煤，夜里没压好火，煤气中毒。老伍和九哥、菜刀喝了一晚上大酒，回家就成了孤儿。九哥和菜刀心里别扭，帮着张罗了丧礼，又拉着老伍在爹妈的遗像前头拜了把子，说以后就是同甘共苦的好兄弟，让老人放心上路。老伍的家也成了三个人的据点，隔三岔五同吃同住。

小柳是菜刀妹妹的同学，在大西菜行里头的"广州副食"卖哈尔滨红肠，我到现在也没想明白为什么在东北沈阳的农贸市场里会有一家店叫广州副食。我想不明白也就不想了，这世上花花绿绿的乱事怪事太多了，谁有空全都琢磨明白呢。老伍在买下酒菜的时候对她一见钟情。小柳还没吐口答应，但也没说不答应。几个人平时没事就混在一起，喝酒，跳舞，打麻将，满大街闲逛。

昨天夜里，老伍张罗一起涮火锅。九哥插队时候的战友送了一条好羊腿来。菜刀从家端了一口铜锅。老伍从邻居大娘家的酸菜缸里挖了一棵酸菜。万事俱备，只小柳借口家里有事推了。实际上她是去相亲，副食店的财务大姐给她介绍了一个大学生，在设计院上班。人才品行都出众，机会难得。小柳精心打扮一番，兴冲冲地赴约，大学生却姗姗来迟，说是单位忙，要加班。小柳浅笑表示理解，年轻人总要上进呢。小柳还给他倒了热茶，点菜也随他。没想到人家一听她是初中学历，也没继续上进考夜校的打算，脸就冷了，一顿饭吃得没滋没味。小柳筷子还没放下，大学生就喊结账。小柳要脸，抢着掏钱，弄得大学生倒有些不好意思，敷衍说主要是太晚了，饭店服务员都不乐意了，又说送小柳回家，等以后有机会了再约。小柳心里清楚，人家压根儿没看上自己，把笑脸摘下去，眼皮也垂下去："不用送，我认识路。"说完摇曳生姿地走了，就为给他留一个背影念想。

小柳带着气走，越走越憋屈，越憋屈就越想一个人走走，就这么走到了夜深处，运河边。后来的事，我都看见了。

小柳看着厨房剩下的酸菜羊肉锅想，这就是命。又看着老伍切了红肠，蒸了几个剩馒头，还要打一个蛋花汤，眼睛湿了一下。老伍对她是真好。

可光好也没用啊，平时一起吃喝玩乐倒没关系，可处对象不行，老伍没正经工作，家里也没背景靠山，眼见着前程一片荒凉。心里那点感动还不至于让小柳把后半辈子扔在这处回迁房里。到底是光棍一个，别人家的回迁房多少也按着南方流行的式样装修了，地板，瓷砖，组合柜；老伍家呢，水泥地光秃秃，木板床光秃秃，四白落地的墙被烟熏得半黄半黑。

小柳咬紧嘴唇，以后还是要跟老伍几个保持距离才好，别以为他们帮了她，她就得以身相许。是他们主动要帮忙的，可不是她求着。是，是她昨天哭着找来，打断了半酣的酒局，可她没说让他们干什么啊，都是他们自己愿意。这么一想，小柳心里舒坦了点。

老伍给小柳倒酒的时候，还不知道这一时半刻的，小柳心里转了这么多念头。他只觉得心疼，又有些自豪，小柳再拿糖，关键时刻还是哭着扑来。说明啥？老伍嘴角都忍不住要带出笑纹了。等这件事了了，老伍就准备正式跟小柳求婚。他觉得小柳肯定能答应，他们现在可算是过命的交情了。

九哥看着人粗，心却细，跟菜刀正好是俩极端。大家都觉得菜刀嘴上不灵，心里一定清楚，其实心里和嘴一样都是捣糨糊。

九哥家里以前是做生意的，最富裕的时候据说拥有半个北市场的铺面，下乡时候又去了内蒙古，家学渊源加上环境历练，九哥就比一般人见多识广。回来后家里人也平反了，有心气有门路，就让九哥进了汽车制造厂——福利待遇人人眼馋的国营大厂。

九哥不爱上班。人家是三天打鱼，两天晒网，他专门晒网。可他会来事儿，厂里的活儿不干，厂长家的活儿不少干，所以该涨工资涨工资，该拿福利拿福利，要不是厂长女儿死也不肯，厂长都有心把他当作女婿栽培了。

厂长女儿嫌九哥粗，身上还有草原上带回来的羊膻味。她喜欢戴金丝边眼镜的文化人，最好还是张口就能朗诵点诗歌，唱个咏叹调的那种。九哥也看不上这个把自己当娇小姐的女孩，模样一般，架子老大，娶回家得搭板供起来。九哥哈哈一笑，转头把厂长女儿认下做干妹妹，说以后妹妹的事就是哥哥的事，以后不管找了谁当妹夫，只要敢欺负妹妹，哥哥就去跟他拼命。这下老少皆欢，九哥调进了更清闲的工会，福利不用等人发，都在自家仓库里。仓库钥匙挂在九哥的腰间。

这会儿，九哥盯着老伍，又看看小柳，知道自己兄弟没戏，但看破不必说破，眼下要紧的是几个人能否过了这关。杀人是重罪，帮着毁尸灭迹也够他们吃一壶。想想，再想想，有啥遗漏的把柄没？四个人终于把心思换到了正地方，然后一起摇头，确实没有。也亏了那阵北风烟雪，能吹散所有痕迹，妥妥的杀人放火天啊。

装汽油的塑料桶呢？九哥一拍脑门，拿回来了吗？还是一起烧了？确定烧化了吗？咱们三个的指纹可都在上边呢。老伍仔细想了半天，他确定把塑料桶也扔进了火堆，确定看见烧得毛都不剩。那就没问题了。几个人举起各自的酒杯，默不作声，一饮而尽。

南运河边上站了好几个警察，山东庙派出所的民警。所长姓富，精瘦，眼睛不大，看人的时候低头抬眼皮，从下往上看，能看到人的脑仁里去。

富所气管不好，冬天爱咳嗽，成筐地吃鸭梨，舌苔都发白了，咳嗽也压不住。富所觉得自己很大概率会英年早逝。可这会儿他才三十七八，离英年还有段距离，就还得往前奔，对待工作也就比一般人认真。他安排人看守住现场，汇报分局，在刑警到达之前做好准备工作，比如采录目击者的口供。他琢磨着，这么大的火光，总该有人看见。

刑警队来了，副队长带队，姓焦，高大英俊，正经大学刑侦专业高才生，一家子都是警察系统的，有个姑父还是省厅处级。队里都知道焦队以后前途无量，就差个好案子垫底。他风尘仆仆赶来，也是想在姑父退休之前给自己的履历上加点彩儿。

富所和焦队并排站在冰面上，两人四脚泥。男人烧焦的尸体躺在泥水里。火烤化了冰，泥水泡着尸首，一片触目惊心，透着杀人者的冷血残忍。

尸体上没有任何身份线索，没有在现场找到凶器，没有目击者。昨晚风大，都早早关门睡觉，谁大半夜跑河边瞎溜达？只能等法医的验尸报告。"不过可以确定一点。"富所谨小慎微，字斟句酌，还说半句留半句。

焦队皱着眉，等着富所的下文。富所咳了一阵："是先杀人，再烧的尸体。你看那儿。"富所指着尸体太阳穴位置，明显有一块凹陷。

焦队点点头，估摸着劫财杀人的面儿大，也不好说就是"刨锛党"，但费劲烧尸又像是有深仇大恨。这案子可有得玩了。焦队有些难掩的兴奋，领着所有部下在冰水和寒风里搜寻，引发他听不见的抱怨连连。富所暗里叹息，还是年轻，还需要历练。

3

我听九哥和菜刀说，老伍废了。菜刀抽了一口烟说：×。

在那件事之前，九哥已经寻了厂长女儿同学家亲戚的门路，给老伍介绍了一个开车的活儿。在一九八七年的东北，司机还是"脚踩一块铁，到哪儿都是客（qiě）"的俏活儿。九哥用厂里的车教会了老伍，又给老伍交底说，只要干满一年合同工，妥妥能转正，后半辈子都不愁。可现在老伍说他不想去了。九哥恨铁不成钢地骂了他一通，老伍还是那句话，不去了，没心思。说完就进厨房给九哥做面条，要塞上九哥的嘴。

我知道老伍咋想的。他现在每天都要到南运河边上走走，再去山东庙派出所门口站站，然后一路走到沈河分局刑警队的院外，一圈下来就是小半天。傍晚，他就去广州副食接小柳下班。两人要么去吃回头、喝羊汤，要么就直接送小柳回家。大部分时间是送小柳回家，老伍没那么多可以下馆子的富余钱。

小柳几次告诉老伍别来了，事情过去就过去了，警察都没找上门，他倒天天去看警察，心虚，有病，盼着东窗事发？小柳语气越发刻薄，她是真想把那天的事都忘了，当什么都没发生过，可老伍天天站在她跟前，就是明晃晃的人证，就是在提醒，你在我手心里攥着，你跑不了。

想到这一层，小柳心里有些恨老伍。但小柳不能明说，越是厌恶一个人的时候，面上就越要控制，别惹得狗急跳墙。所以三不五时的，小柳还得跟老伍去吃回头，喝羊汤，还得抢着结账。

小柳私下去找过九哥，话里话外的意思是让九哥劝劝老伍，眼下已经到了初夏，公安局那边也没有丝毫进展，这件事真得过去了。大家都得往下过日子不是吗？但九哥心里是怨小柳的。明知道老伍轴，上了劲儿，她还一直吊着，不厚道。小柳所谓的不伤面子，在九哥看来就是故意不让老伍脱身的手段。九哥让小柳从了老伍，跟谁不是跟呢，老伍虽然穷点，但看起来模样、人品也不差，说不定将来也有翻身的一天。九哥说，你俩在一起，我送三金当贺礼。

小柳气炸了，有些恼羞成怒的意思，站起来冷笑，你让他撒泡尿照照自己的德行，什么东西，做梦去吧！她的声音尖锐高挑，穿过门缝，一字不落地钻到了门外老伍的耳朵里。老伍跟泥胎一样站着，一动不动。后来里头再说啥，他都听不见了，转身走了。

门里的九哥笑了一下，要不你从了菜刀？我知道他也惦记着你呢。小柳要扑上来挠人，九哥从抽屉里掏出一个冰凿，旧的，钉着铁皮的一头还有陈旧的黑色的血迹。小柳扑了个空，跌坐在地上。九哥继续笑，妹子，咱们好说好商量。

老伍那条满是口袋的裤子后来就没穿过，一直挂在衣柜里头。我记得九哥是在一次喝酒后，趁着老伍和菜刀睡觉的工夫把冰凿拿到手的。他从老伍的裤兜里摸出冰凿，眯着眼睛看了很久，最后装进了自己的裤兜，然后转身离开。

一个月后，小柳谁也没告诉，从单位辞了职，坐上夜车直奔南方，从广州副食到广州，绿皮车需要两天一夜。老伍第二天去接人，第三天去找人，第四天和九哥、菜刀喝了一晚上酒，哭了半晚上。大男人哭成了傻子。菜刀说了一万多遍×。

九哥问老伍以后怎么打算,老伍一边抽着鼻涕一边说,哥,我都听你的。九哥说他在五爱街弄了一个床子,专门卖床单被罩,老伍要是不嫌弃,就去给他看床子,有工资,卖得好了有提成,年底给红包。老伍应了。

转天菜刀也走了,留下纸条,去了海南。菜刀写:沈阳真他妈的没意思。

九哥想南方好,南方有小柳,对这俩兄弟也多少都有些失望了。

4

富所和焦队在头伏第一天跑到西塔吃了一顿冷面,就着辣白菜、拌蚬子,一人喝了一瓶老龙口。

南运河的案子彻底挂起来了。虽说后来法医在尸体身上找到了一块塑料残片,但没有任何指纹和特征,没办法提供丝毫线索。最难办的是,到现在警方也不知道死者的身份。派出所民警拉网排查了几遍,也没发现辖区内有任何失踪人口。富所觉得有些对不起焦队。人命大案挂在那儿,年轻的刑警队长面儿上过不去。

紧接着省厅整顿，焦队的姑父涉嫌包庇，虽然查无实证但也要提前病退。树倒猢狲散，墙倒众人推，焦队一夜之间从警队新星转为丧家之犬，之前笑脸相迎和现在冷眼相对的都是同一批人。这都是那个暮春初夏发生的事。

焦队到底年轻气盛，没受过这种窝囊和委屈，言语举止上就更张扬，本意是不服输，但在其他人看来就是挑衅。焦队也没糊涂到光跟别人闹气，他明白想站稳位置，要紧的是破案，故此对南运河烧尸案就更上心。焦队把在学堂里学到的本事都用在了案子上。他坚信就算是最完美的犯罪也一定会有破绽，所谓天网恢恢。

然后焦队想起了我。

虽然他不能肯定我妈埋我的时间和案发时间有重合，但万一呢？万一我妈就看到点啥呢？焦队让富所在辖区里找刚生过又死了孩子的人家，可惜就晚了一步。富所陪着焦队到家的时候，我妈和姥爷已经走了。

这也难不住焦队。姥爷曾经在轧钢厂上班，单位有档案，调出来焦队就直奔山东菏泽，姥爷白纸黑字写下的籍贯所在。带着希望去，带着失望回。那是姥爷的老家不错，但姥爷压根没回去，迎接焦队的只有几间已经快要坍塌的土屋和一群不明真相灰头土脸的乡亲。

绝望下,焦队脑海中突然蹦出一丝火星。这说明啥?说明他们一定看到了什么,也可能他们就是……焦队看着身边的小警察,目光灼灼。"只要找到他们,这案子就柳暗花明了。"小警察苦笑,且不说这逻辑有些牵强,只问,上哪儿找去?

焦队去求富所,分局那边已经没有太多人手给他了。他想让富所帮忙,盯着姥爷家,不管是亲戚来找还是故友来寻,只要有一点动静就绝不放过。

焦队还有一层猜测没说出口。痴女子被强奸生下孩子,孩子又死了,如果,假设,有没有一种可能,死者就是孩子的生父?那姥爷就有动机杀人。焦队不能说对这个猜测深信不疑,但起码只要有可能,他就不能放过。他不能让人说,自己干到今天只靠祖荫裙带,所以他必须在最倒霉的时候破了这件谁都无法侦破的案件,为自己正名,看谁还敢有半点怠慢。

富所低着头,眼皮往上翻,一打眼就看穿了焦队的心思。富所斟酌了一下:"这都不能算帮忙,是分内事,只是小焦啊,你也不要太钻牛角尖,说句对不起警服的话,这一年到头挂起来的案子还少吗？办案的警察要都像你这样，不都得给自己逼疯了？"

焦队对上了富所的眼神，一个内敛，一个精光四射。焦队带着兴奋的口气说，我和他们不一样。富所闭嘴了。他知道有些话点到为止，说多了伤交情。富所本来还想借着焦队的人脉再往上走一步，一开始对焦队那是言听计从，也给焦队留下了好印象。现在虽然情势不同了，但富所终究不是翻脸比翻书快的小人，对焦队还是一如既往，该说说该劝劝，该办事办事，万一真让焦队撞上大运，富所也能跟着分点蛋糕吃。

富所没找警察盯着我家，犯不上，但他给邻居大妈布置了任务，只要有人来，就马上报告派出所。老太太一听来劲了，拍着胸脯表示一定配合政府，还说她早就看出来姥爷一家不是一般人。富所笑了一下，没说话，扔下两斤鸡蛋走了。

他们还不知道呢，姥爷和我妈都没了。出了门，姥爷直奔南市场旧货摊，把家当都卖了，换了小几百块钱，带着我妈去了趟北京，逛天安门，逛地坛，吃卤煮，吃炸酱面，足足玩了三天，然后在车站前的小旅馆床上各吃了一瓶安眠药。

被人发现的时候,姥爷和我妈还像是睡着那样,脸上都带着笑。姥爷枕头边有写好的遗书,还对旅馆老板表示了歉意,对,还有一封诊断书,姥爷得了肝癌,他怕自己死了,痴女儿没人管,索性就一起走了。"对不住大伙了,更对不住老板,给您添麻烦了。"姥爷的字还挺好看的。旅馆老板只能自叹晦气。

我见到姥爷和我妈的时候,他们正打算往阴间走,路上人挺多,姥爷兴致勃勃,我妈的痴病也好了。俩人商量下辈子还做父女。

头伏第一天的酒从中午喝到了晚上,焦队喝多了,差点跟隔壁桌的酒鬼打起来,富所咳嗽着掏出了证件,把焦队扛回了家。富所回家跟老婆说,这人……估计也废了。

5

会武街离五爱街很近。还没到大批工人下岗的时候,大家就有些瞧不起在五爱街摆摊儿的人,说人家不是正经营生,没保障,没地位。可会武街的很多人都在五爱街练摊，就算啥都没有，每天也能见点活钱儿。这些闯关东的后代多务实，不太在乎什么面子，或者说，肚里有酒有肉，才是真正有面子。

九哥到底是有公职的人，对外就说摊子是老伍的，这种虚晃一枪骗骗别人行，五爱街的人是不信的。不说别的，要是老伍自己的买卖，能遇上讲价的客人都不敢拿主意？小本生意个体经营，要的就是个活泛，又不是联营公司公家柜台，丁是丁，卯是卯。

九哥跟老伍说过几次，也把每个单品的价格都给了老伍，算交了底，挣多挣少老伍自己拿主意，别赔本就行。可老伍还是按着定价卖，时间一长，生意冷落，整个五爱街的人都知道老伍有点傻。九哥看似不计较，心里其实也不舒坦。

过了没多久，九哥拉着老伍相亲去了。我有些时候不太喜欢九哥，啥事都要管，啥都要说了算，比如现在，老伍明确说了不想去，九哥就说见都没见，怎么知道不想？老伍被问住了。我有些着急，恨不得替老伍回答，他心里还装着小柳呢。我怎么知道？我当然知道，因为我是我啊。

九哥给老伍介绍的姑娘也是五爱街卖货的，家住苏家屯。那会儿苏家屯还是农村,姑娘脸颊上带了点风吹日晒的痕迹。我看着老伍的眼神,知道他在心里又把小柳的样子翻出来了。小柳虽然也是卖货的,可风吹不着日晒不着,皮肤透白,贴近了能看见细细的血管。老伍有时候都想,自己不如变成蚊子,好在小柳脸颊上叮一口。

九哥说姑娘人好,老实,能干,家里两个哥哥,父母身体都好,用不着姑娘伺候,将来结婚了还能帮着照看孩子。老伍心里咯噔一下,这是摆明了要娶一家三口。九哥接着说,老伍就单蹦一个,对岳父母一定当成自己亲爹妈一样孝敬。姑娘低头不说话。老伍脸就垮下来,九哥故意装看不见。

姑娘虽然是农村人,可心气高,都在五爱街,她知道老伍的底细。五爱街单身男人的底细,她都知道。老伍跟她一个身份,都是给人打工的,除了多一个城市户口。对,还有一套房。这又算什么呢。姑娘才二十二岁,不着急,她心里的目标其实是九哥,见面就笑,说话就讨好,是想巴结九哥,哪知道九哥会错了意,乱点鸳鸯谱。

姑娘虽然来的时候勉为其难,可面子上的事儿比老伍灵。见老伍给九哥脸子看,忙见缝插针,捏着嗓子开口:

"九哥，你说哪儿去了，就是认识一下，以后也好互相照应啊。"老伍听了，缓过劲来，九哥心里塞了一把稻草，为的是老伍不识抬举。

九哥已经后悔带着老伍干了。家里人早就说，兄弟之间最好别一起做买卖，没个好。九哥仗义，不忍心看老伍没着没落。可现在呢，老伍压根就不把他当老板，活儿干得不怎么样，说话还老横。九哥琢磨来琢磨去，以为老伍是仗着手里有把柄，能吃住人。一定是的，老伍这人，看着义气本分，其实阴着呢，不然为啥不声不响地把冰糸藏起来？九哥想，幸好小柳明白，看清楚了老伍的本质，不然真跟了老伍的话，一定后悔一辈子。

姑娘一步三摇地走了。老伍回头看看九哥，说以后可别整这事了。九哥笑了，露出一口被烟熏黄的牙。老伍低着头走了。九哥和老伍就此便生分了。

其实我知道，九哥误会老伍了。老伍能有什么坏心眼呢，不过是太简单了，心里总合计着那天小柳在九哥面前骂自己的话，让他撒泡尿照照自己。这一句话在老伍心里扎了根。之后老伍见九哥，总觉得抬不起头，又觉得自己让九哥丢人了，又想再支棱支棱。老伍本就是个轴人，这些念头搅和在一起，就乱了套。可老伍也不想解释。不说，自己就还有最后一层遮羞布；说了，就是脸都不要了。反正老伍是这么合计的。

九哥回家琢磨了一夜，前后盘算，冰糁在自个儿手上，老伍要是动歪心思，怎么也得顾念一下小柳。当初他想撮合小柳和老伍在一起，也是这个意思。只要他们走到一处，这几个人就都死死捏在他手里了，可没想到小柳宁可跑了也不跟老伍。九哥在黑夜又笑了。奶奶的，女的比男的眼贼，也比男的狠心。

九哥不是白给的。这些年他一直和菜刀有联系，也知道菜刀和小柳在广州见过面。菜刀说×，九哥就明白小柳是干啥去了。菜刀又说×，九哥知道这意思是别告诉老伍。九哥告诉菜刀，好好混，弄点动静出来。菜刀说×，这算是应了。

第二天，九哥给富所家里送了个四件套过去。富所老婆管九哥叫兄弟，水桶腰拧着，笑说大兄弟，这多不好意思。九哥说，富所为人民服务，他为富所服务，应该的。

九哥问富所老婆，那案子还查呢？这会武街还不太平呢。富所老婆一边摸着床单，一边说，查个屁，都盯上人家老吴家了，现在老吴家也不盯了，白瞎了我两斤鸡蛋，这不是没溜儿吗？九哥帮富所老婆套好了被套，说等上冬了，再送一床好被子来。

6

一晃十年过去了。

南运河更臭了，政府天天说要治理，没见半点成效。会武街还是老样子，回迁的鸽子笼透着旧，人们显出了老。

富所三年前查出来肝癌，两年前死了。我看着富所万般不情愿地往阴间走，一辈子的未竟之志，只能留到下辈子再实现了。

焦队现在成了焦所。杀人焚尸案一直没有侦破，后来又出了几起出租车劫杀案、入室盗窃杀人案，领导心存善念，让焦队把注意力调整到新案子上，好好做出点成绩。本是好言相劝，焦队听成了讥讽，在会议室和领导吵了起来。领导心里叹息，知道焦队偏激执念，自毁前程。转年一纸调令，堂堂分局刑警队副队长就这样下到山东庙派出所做了副所长。

大家本以为如果焦队是个明白人，冷静下来，日后还能缓一步，没想到焦队到了山东庙，更觉得是自己辖区，是天注定，这件案子一定会着落在他手上。焦队变成焦所，把会武街山东庙范围内所有人查了个底儿掉。案子依旧没进展，但因为他的严防死守，辖区治安倒是有了明显好转。办公室墙上挂了奖状锦旗，妥妥的人民卫士。

焦所结了婚，娶的就是那个曾经和老伍相亲的姑娘，言书娇。言姑娘确实有心计，念了夜校，又拜了五爱街工商所的所长做干爹，脸上早没了两块红，穿着打扮更是新潮。

一次下晚课，言书娇回家路上被尾随，不动声色直奔派出所，正好赶上焦所值夜班，聊了几句，知道最近出了好几起用小刀片划姑娘屁股的案子。言姑娘自告奋勇为民除害，真就把坏人引出了洞，让焦所抓了个现行。为表示感激，焦所请姑娘吃饭。她又回请。一来二去，言书娇就成了新一任所长夫人。

九哥早就正式从厂里辞职了。这些年他专心搞外贸，做对俄出口，羽绒服和粮食拉出去，汽车拉进来，正经有批文的，最远卖到过海南。又从海南置换回更好的车，奔驰宝马本田，也走公家的手续，卖给市级职能部门。

九哥低调，押车的事都交给老伍去做。钱也不存银行，用父母的名字再注册公司，生意越滚越大，直到没办法低调的时候，皮包里装着小金条，拜年的时候送给老领导和领导的领导。宾主尽欢，领导们掏了几句心窝子，开春九哥就给福利院养老院捐了钱，还在康平、法库这种挂了名的贫困县建了希望小学。九哥现在是有社会责任心的知名企业家。

菜刀断了一条腿，在海南跟老大，帮人争地盘的时候，被人下了黑手，膝盖骨粉碎，走路一瘸一拐。老大不管，还是九哥给了医药费。菜刀红着眼说，×。九哥说咱们可是兄弟，不是亲兄弟胜似亲兄弟。菜刀心里风起云涌，说了这辈子最多的一次话。

他告诉九哥，那天他睡到一半醒了，瞧见九哥翻走了冰柒，不知道因为啥，但心寒，所以才离开了沈阳。菜刀后来试探九哥，说自己看见小柳了，但九哥没啥反应，菜刀就更不明白了，九哥到底要干啥，为啥要这么干。

九哥叹口气，自家兄弟，早就应该把话说开了。九哥是担心东西在老伍那边出事。老伍那阵子多不牢靠，成天神头鬼脑，万一被警察盯上，把一伙子人都得害了，所以他才先收起来，为兄弟几个留个保靠。菜刀连连点头，×。

九哥让菜刀留在海南，又留了一大笔钱，让菜刀可以招兵买马报仇雪恨。菜刀果然神勇，伤好了就把原先的老大加老大的对头在码头上干趴下了。码头归了菜刀，九哥的车来去自如。

菜刀结了离离了结，眼下这个是第三任老婆，一个老婆生一个孩子，菜刀是三个孩子的爹。菜刀再没想起自己年轻时候还暗恋过小柳，×，他现在的日子跟神仙一样，惦记谁都能惦记到手。

九哥还单着身，给九哥介绍女朋友的人从会武街排到青年大街，九哥一个也没看上。主动扑上来的女人更数不胜数，好看的，聪明的，会来事的，无一例外也都碰了钉子。有那些嘴碎的，就说九哥怪，心理变态。

可没几天人们就知道了九哥有个相好，以前一起在内蒙古插队的时候就好了，上海人，后来因为女人家里不同意女儿远嫁才分了手。女人结婚，生子，又离婚，可这些年九哥从来没忘了她。这不，九哥在刚开盘的河畔花园买了别墅，巴巴地把女人和孩子接了来。九哥说将来要送孩子去美国留学,还说要把女人这些年受的委屈都弥补了。

话从河畔花园传回了会武街,嚼舌根的老婆媳妇大姑娘都咂着嘴,毫不掩饰羡慕嫉妒。有人还特意去瞅了那女人,特普通的中年妇女,发福,烫头,买菜的时候显出上海人的小家子气,豆角只抓一把,土豆只称一个,看得人回来哈哈笑,带着幸灾乐祸的舒坦神气。女人叫葛莉,因为和蛤蜊谐音,大家又笑了一回。

这些年会武街的人都多多少少有些变化,只有我没变,老伍也没变。

老伍不去五爱街了,卖床品的摊位租给了两个南方人。他隔十天半个月跑一次海南,帮九哥送车取车,一趟九哥给他一千块钱。老伍还住在会武街七楼的那个房子,房子每年夏天都漏雨,老伍自己做了一次防水,漏得更厉害了,索性就不管了。

九哥做主,给老伍的房子装修了一次。本来九哥是想让老伍搬走,满大街为了香港回归热气腾腾的时候,沈阳也多了好些商品房,九哥说你随便挑,哪怕也想住河畔都行,跟我当邻居,也好有个照应。老伍不干,九哥退而求其次，来个旧房改造。这是瞒着老伍干的。

九哥带着人把老伍的旧衣服破家具送到垃圾场的时候，老伍正和菜刀在海南喝酒呢。等他回来，家里已经焕然一新。老伍愣了一会儿，嗷的一下揪住九哥，我东西呢？九哥不懂，老伍更急了，我裤子呢。九哥当着来结账的装修工人面强忍着一脸恼火："你那些破烂白送人都不要，看看，一柜子新衣服，专柜，名牌，别不识好歹。"老伍知道东西都被拉到城外填埋了，再找不回来。跟好歹没关系，就是找不回来了。

之后好长时间，老伍就穿着行李袋里出差用的几套衣服，那些专柜名牌他看都不看。九哥知道老伍又开始犯轴了，原本是一条河沟的生分，现在宽成湖了。

老伍不光穿衣服不变，吃饭也不变，哈尔滨红肠、馒头，蛋花汤。广州副食已经拆了，老伍要到一手店买红肠。一手店在南运河边上，老伍看看浑浊的河水，拎回一根红肠，只要红肠，松仁小肚、猪手、烧鸡都不要。时间一长，和店里卖红肠的丫头于小琴也混了个脸熟。谁见了谁说，小琴跟当年的小柳有点连相，但自然不如小柳好看，还是个兔唇。

小琴老家在康平,有名的贫困县贫困村,爹妈都是老老实实的庄稼人。弟弟早些时候来沈阳打工,在酒吧当服务员,后来因为给女客人下药被抓了,判了顶格七年。爹妈老实得不敢抬头看人,小琴在村里也被戳脊梁骨,再舍不得老爹老娘,在村里也活不下去了。赶着半夜,爹妈帮着收拾了两件衣服,给了小琴几百块钱,让找个活路,万一混好了,爹妈也能跟着活下来。

小琴来了沈阳,戴着口罩卖红肠,卫生又遮羞。也相中过几个男人,但一摘下口罩,人家就跑了。小琴渐渐灰心。后来她遇见老伍,见老伍每次看自己的眼神都直勾勾的,心里又活泛了,于是开始对老伍好,每次都留下最好的红肠给老伍。可老伍光吃肠,不吃她。小琴以为兴许是老伍从别处听说了自己的短处,心里别扭,想说老伍凭啥看不上她?老光棍,没工作,啥也不是。老伍再来,小琴就没好脸。

等到老伍家里被装修的事闹腾完,老伍来找小琴了,站在外头等店打烊。这次他不买红肠,只问小琴跟不跟他走?小琴想了一下,低着头跟着老伍回了家,躲在口罩后头的脸上一片红。那天晚上,小琴就住在老伍家了。

九哥给买的新床真软和，家具还散发着木头的香味，满屋子进口家电，大彩电、大冰箱，墙上还挂着空调。小琴没想到看着过时的老伍居然有这么一份家当，夜里就尽了心，贴着老伍的胸口娇喘连连。老伍捂住了小琴的嘴，单看眉眼，确实和小柳有三分像。这三分就够把老伍直送云霄。老伍伸手过来的时候，小琴心凉透了。她还不知道，从这会儿开始，她是恨着老伍的。

接下来的事就顺理成章了。小琴怀孕，老伍准备结婚。刚提到结婚两个字，小琴就做主把丈人丈母娘接来参加婚礼，老两口带着七八个包袱，看样子来了就不打算走。老伍心里气结，早知道现在，还不如当初……不过当初又能咋样呢？过了那个村就没那个店。

老伍气结的还有一层。小琴看着老实，心气倒大，撺掇着老伍跟九哥要分红，第一次去见九哥，见到了葛莉，就在厨房含着泪问嫂子上海有没有好医院能治兔唇。九哥说分红的事可以考虑，治病的事耽误不得，你看是婚礼之前治，还是婚礼之后呢？小琴眼睛一转，先领证，然后就治病，漂漂亮亮嫁人，让老伍有面子，也让九哥脸上有光不是？九哥点点头，话是没错，可做手术怕影响到孩子，这咋整？小琴知道自己到底是嫩了，总不能现在打脸说假怀孕吧？于是还是要结婚，至于治病的事儿，等生完孩子喂完奶再说。

九哥背后告诉老伍，做个屁的手术，这丫头心野，真弄好了怕留不住。老伍脸色一沉，想到之前小柳的话，想到了自己之前的那份担心，确定九哥到底还是看瘪了自己。

老伍想了想说，都听你的，可有一层，以后海南我就不去了，家里事多人口也多了，都放不下，五爱街的床子要不你就兑给我吧，我自己弄点啥小买卖。九哥没防备老伍提这一茬，话顶到这儿，也不能不答应，只好点头："兄弟之间说什么兑不兑的，送你了，当结婚贺礼。"

老伍还是送了钱来。这些年他帮九哥押车，攒下了几万块，都给了九哥。九哥后来想，这他妈的就是羊毛出在羊身上，他妈的就是搬起石头砸了自己的脚。

7

老伍的婚礼，会武街、五爱街的人去了不少，焦所和言书娇也来了。焦所不想来，言书娇说不看僧面看佛面，冲着九哥吧。冲着九哥来的还有工商局税务局的科长处长，进出口公司的办公室主任，还有市委一个靠后排名的小秘书。小琴的爹妈看傻眼了，本来主持人说要老两口上台讲话，俩人是死也没迈开腿。

菜刀赶回来了，但老伍没想到的是，小柳也回来了，跟菜刀隔了车次，前后脚进了酒店。哥仨看见小柳的时候都傻眼了。小柳笑嘻嘻地说，给你们一个惊喜。

小柳送给小琴一个金手镯，南方最时兴的式样。小琴乐得都顾不上掩饰豁嘴了。

小柳抱了老伍。小柳瘦了，骨头隔着衣服把老伍硌得生疼。

小柳告诉菜刀，他在外头的相好说了，要是不结婚，就要一百万，不然就把菜刀那点破事都抖搂出去。菜刀得娶第四个老婆了。

老伍这才知道这些年小柳和菜刀九哥一直没断了联系。他有些发蒙，不知道他们为啥都瞒着他。

九哥一直站在旁边看着，小柳就是不跟他说话，一个字都不说，眼风都没飘过来，但却一直不离开九哥的视线。九哥往哪边看，小柳就往哪边走。

九哥敬酒的时候一恍惚,把酒洒在了秘书的身上。九哥忙不迭地道歉,说回头给秘书送一身高定西装,兄弟洋服,沈阳最好的裁缝店。秘书嘴上没吭声,心里记上了一笔。见人下菜碟可以,主要是得搞清楚自己身份。不就是个投机倒把的吗?要想弄死你,跟踩死蚂蚁没两样。

焦所盯着这一幕,每个人的动作表情都落在眼里,直觉这里头有事。他心里一激灵,忽地又想起多年前的悬案,那时候没有什么线索,只判断是团伙作案。焦所盯着老伍和九哥,盯着一瘸一拐的菜刀和谈笑风生的小柳,只盯着,呼吸都变轻了。他觉得这里头有事,但没凭没证,没把没握,不敢想也不敢说。

因为小柳的出现,洞房夜小琴是和爹妈一起过的,爹妈老泪纵横,觉得小琴有了大出息。小琴告诉爹妈,以后就安排你们去五爱街看床子,一个月给两三千,这就算在沈阳落下脚了。爹妈差点给小琴跪下,说当初就知道,这丫头不会白养活。

他们盯着小琴的肚子,讨好地说,这要是个男胎就更好了。小琴一撇嘴,本打算今晚能种下,这下白扯了,还得等。爹妈吓了一跳，没想到小琴胆子这么大，这种事能瞎扯胡来的？小琴说，不这么干，他能乖乖跟我结婚？你们能睡上这软和的席梦思？爹妈不吭声了，一晚上没睡着，想着小琴还瘪着肚子，不知道哪天就得被人赶出去，到时候又只有死路一条。

老伍和九哥、菜刀跟着小柳去了回回营。小柳说想吃回头，喝羊汤，在南方这么多年，就惦记这一口。老伍低着头不说话，九哥抽烟笑着不说话，菜刀说，×。

三盘回头，一锅羊汤，外加拍黄瓜、套肠、明睛、卤羊肝，小柳吃了一多半。吃好了，放下筷子，该说正经事了。九哥把剩下的半根烟扔进羊汤锅里，刺啦一声，烟头灭了。小柳说可惜了，再加点水还能喝。

小柳说这次回来就不走了，家里房子弟弟结婚用了，没她的地儿，本想住老伍家，可现在老伍娶媳妇了，她不能去当电灯泡，到底咋安置，还得大家帮忙。

没等老伍开口，九哥掏出一把钥匙。他的老房子也在会武街，空了好几年，小柳愿意住，给她了。小柳没客气，钥匙一把抓在手心里。

小柳说还得有个营生，找工作可费劲了，连去卖个红肠都得二十五岁以下的丫头才行了。九哥说五爱街有个床子，你愿意去的话，老伍安排。老伍想了一下才明白，九哥说的就是他兑过来的床子，合着九哥还把床子当成自己的。小柳不知道这里头的别扭，只谢九哥赏饭。

小柳又说，最要紧的是得先预支一年的工资，也算是安置费吧，买东西吃饭都要钱呢，说完用钥匙抠手指头。老伍就想，自己没搭茬也对，小柳不是从前的小柳了，从前她总抢着结账，现在也知道找男人要钱花了。他结婚兑床子，攒的钱见底儿了，还真拿不出一年的工资给小柳。

听到这儿，菜刀表情有些变化。他盯着小柳，半天也不知道该说啥。还是九哥从包里拿出一沓新钞票，扔在桌子上。小柳伸手抓了过来，塞进胸罩里了。

老伍成天低着头，打从见到小柳后，他的脑袋再没抬起来过。我跟着老伍去了南运河边，陪着他在河边走到天亮。我看见老伍掉了几滴眼泪。

老伍没心思干别的，借口要去南方上货，收拾行李要出门。小琴正担心怀孕的事露馅，见老伍主动出差，乐不得地给他收拾行李，前脚送老伍去了火车站，后脚就找了私人诊所伪造了张流产的病历单。等老伍回来，一切就可以重打锣鼓另开张了。

老伍走了一遍当年小柳走的路，遇见了几个沈阳老乡，请吃饭，请喝酒，忙乎了半个月，把小柳的事查了个底儿掉。

当年小柳来到南方，一个女人，没学历没本事没熟人，只有几分姿色，还想要挣钱，就只有一条道。小柳走了那条道。

开始小柳也不太情愿，本着卖艺不卖身的原则，只陪酒，不出台。后来见周围放得开的都挣了钱，再看看自己手里的仨瓜俩枣就显寒碜。有了这心，又遇见了一个长相还看得过去的台商，原则就扔了。这种事，开头难，后面就是顺水行舟的事。

手里宽裕了，心里被委屈塞满了，就得排解。小柳没法用酒解忧，因为喝酒是工作，于是专门有盯着她们这种潜在客户的人出现了。三两下，小柳便成了瘾君子。

她也不是没戒过，但前脚出了戒毒所，后脚遇见老朋友，于是再犯，再戒，直到彻底灰心，认定自己永远无法解脱。

这时候的小柳已经不成人形了,站街都没客人光临。还是遇见了沈阳的熟人,拉了小柳一把,给她治病,什么尿道炎、淋病通通治好。几个月下来,小柳又有了人模样。

后来呢,老伍追着问。

后来就跟那人走了呗,去了海南。听说结婚了?拉倒吧,谁能娶她,听说也是干点啥见不得光的买卖。不是出国了?说是死了吧。

酒桌上的故事,到了最后通常都会有好几个版本。老伍也没心思追究到底,他只想知道那个帮小柳的人是谁。几个人喝光了最后一杯酒,搓了搓油脸,倒是统一了口径:"九哥,说是叫九哥。"

老伍不知道自己是怎么回的沈阳。他在南方的街巷里迷失了会儿,在南方的夜总会坐了会儿,在南方芭蕉树下的女人身边躺了会儿。他感觉处处有小柳。他跟着小柳,把她的日子活了一遍。

老伍终于走上了归程。他想好了,跟小琴离婚,就算是对不起她也得离婚。房子给小琴,他净身出户。他去打工,挣钱,养活小柳。小柳能戒毒最好,戒不了,他卖血卖肾供她。

老伍想,他就是贱,就是上辈子欠了小柳的。人家都说他是想吃天鹅肉的癞蛤蟆了,他也心甘情愿。这么合计的时候,老伍心里开出了一朵花来,是真的在云端了。

我看着老伍从北站下车,我是特意来接他的。我也是第一回见到那么多人,站台上密密麻麻,广场上密密麻麻,人们挤在一起,各不相干,各有去处,又紧挨着,严丝合缝。世界到底有多大我不知道,只是肯定比会武街要大很多,差不多就是北站这么大吧。

我好不容易在人堆里找到了老伍。他没啥表情,但满脸都是喜色,他脚步不快,但一点也不耽搁。我想在后来很长一段时间,他都该回想起此刻。现在,当下,是他最后的幸福时光吧。

我想我到底怎么才能让老伍知道,小柳死了。我得告诉老伍,我看见了小柳,她往阴间走的时候一脸愤慨,她想有人帮她报仇,她恨这一辈子发生的一切。

我想往老伍身边去,可我看见,焦所带着几个民警已经围住了老伍。老伍下意识要跑,但只僵在原地,脸上瞬间失去了所有光芒。

8

小柳死了，尸体是在南运河里被发现的。发行量最大的本市晚报上说，小柳得了艾滋病，生无可恋，自寻短见。小柳留下的遗书也是这么写的。这事在晚报就占据了一角，不是最细心的人都看不到这儿。

焦所偏不信。他想到在老伍婚宴上小柳的状态，还是觉得这里头有事，于是顶着上下两重压力，坚决要求验尸。上头不答应，说是浪费警力。下头不愿意，因为辖区内陈年未破案件多了，对大家的年终考评和奖金都有影响。

言书娇也劝他，何必呢，费力不讨好，你还打算在这山东庙终老啊？言书娇真是一心为焦所想，趁着干爹提到市工商局，趁着以前乱七八糟的事都过去了，想让焦所直接跨过分局，空降到市局，凭着他的能力，只要不走背运，她说不定能成局长夫人。那大概是她最好的命。她看着焦所说，要是我，得了那种见不得人的绝症，我也寻死去。焦所白了她一眼，警告她以后不许再收九哥的礼，不然他就把她和东西都送到纪委。言书娇气得翻白眼，恨好心当成驴肝肺。可她还什么都不能说，她也三十多了，离开焦所，她啥也不是。

焦所一意孤行的结果是，确实在小柳身体里检测到了过量的毒品，但这只能证明小柳除了有病还吸毒，并且很有可能是在吸毒过量后决定放弃生命。很多毒虫会这样，在离开人世前把所有的钱都换成白粉，再变成白烟。

焦所把法医请出来吃饭洗澡按脚，家长里短套足了近乎，没几天焦所拿到另一份报告，写着小柳脖子上发现一个针孔，毒品是从颈静脉注射进去的，这种刁钻的角度绝对不可能是自己所为，也就是说，小柳死于谋杀。估计凶手是在小柳的手上胳膊上再找不到好地方可以下针，才无奈为之。法医说，你是没看见啊，那姑娘两条胳膊上连块儿好皮都没有了，血管都硬了。焦所想起看见小柳那天，明明三十度的高温，她还穿着长袖，心里叹了一声。没有惋惜，只是无奈。

分局开始立案侦查，焦所主动请缨加入调查小组。本来没他的份，是言书娇之前的努力见了效，主要是工商局的领导没太整明白干闺女要焦所进步的方向，只打招呼让人多关照，在这个节骨眼上成全了焦所，气糊涂了言书娇。

案子进展很快，这得益于小柳离开沈阳多年，回来后接触的人实在有限。挨个叫来问，连小琴都没放过，加上还没来得及回海南的菜刀和九哥。

小琴毫不知情，就见过小柳一次。但因为去医院的时间和小柳死的时间有重合，假怀孕的事瞒不住了。小琴求警察能不能不告诉别人，警察笑着答应。他们可以保密，但也有理由笑话。

菜刀交代不出小柳死的时候他和谁在哪儿，怎么问也不说。后来又胡说，真话掺着假话，给自己惹了麻烦。几队刑警铺开了去查，查出菜刀当时正在帮九哥收东西，是从俄罗斯偷运进来的走私军械。这下好了，一起杀人案牵出了军火走私案，案头还牵连到最风光的慈善民营企业家。

警察们来了精神，小柳的事没那么着急，军火案刻不容缓，只要侦破了，整个专案组的人都能立功受奖。菜刀傻眼了，在看守所的单间对着墙壁骂了一百多遍×。九哥待遇更好些，直接被带进了市局，几个审讯行家围着他，要他事无巨细全部交代。

九哥想起自己这么多年送出去的金条，心里也没多慌，只要求见律师，还说是有人眼红，栽赃嫁祸，要警察务必还他清白。审讯行家在九哥这儿吃了瘪，又接到上头几个电话，要他们秉公执法，绝对不许冤枉好人。

接着菜刀认罪，表示一切都是自己所为，跟其他人毫无相干。九哥居然就回家了。河畔花园偌大的别墅，葛莉煲好了汤，放好了洗澡水。九哥告诉葛莉，已经给她和孩子在美国开了户头，他准备连夜走，要葛莉做出他还在家的假象，一周后再走。葛莉点点头，她就是为了孩子能出国才来演这出戏。这些年九哥没碰过她，她也知道九哥从来也没碰过别的女人。

警察们在九哥家门外布控。焦所本来想从九哥身上找到小柳一案的线索，但没机会靠前。他们说，现在这个时候要抓大放小，不能打草惊蛇。

焦所没办法，只能来找老伍。老伍因为有确定的不在场证据，没有半点嫌疑，找老伍的理由是协助调查。

老伍在分局办公室里坐着，整个人丢了魂。他从听到小柳死的瞬间就这样，几个钟头过去了，警察都快没耐心了，老伍还这样。焦所让其他人先走，他留下来陪着老伍。他问的第一个问题是，据你所知，谁跟小柳有仇？

老伍好不容易从恍惚中醒过神，他觉得小柳跟谁都没仇。焦所只能换个思路，启发老伍，问他，小柳到底是个啥样人？这一句话差点勾出老伍的眼泪来。老伍情绪来了，嘴秃噜了："小柳是个好人啊，从来没做过坏事，就连那次，也是被逼的！"

"那次？哪次？！"

9

老伍早就想过，这世上没什么是永远的秘密。他当初收起了冰枭，是想说如果有天东窗事发自己去给小柳顶罪。这事我知道，可惜我没办法给老伍做证。

一九八七年二月十五日的杀人焚尸案终于真相大白了。

老伍的交代给了警方调查九哥的突破口。本来因为没有证据没办法抓捕的警察，在九哥想要从地下室逃走的当口冲进河畔别墅，把九哥抓了个正着，顺便在九哥家里找到了那个从老伍手中丢失的冰枭，另有三把手枪，五百发子弹。九哥无话可说。

老伍是在装修后裤子没了的时候，才以为冰枭和裤子一起丢了。冰枭丢了，他和小柳最后的缘分也就没了，他才去找了小琴，才有了婚礼。所以说，老天爷都安排好了，这一步步的，疏而不漏。

这话是焦所去给富所烧纸的时候说的。焦所告诉富所，案子终于破了，杀人的是小柳，焚尸的是老伍、九哥和菜刀，他们一个都没逃得了，当然，死了的不算，活着的一个都没逃得了。焦所说九哥被围捕的时候还想要反抗，他没合计是焚尸的事暴了，以为是军火的事炸了，从包里掏出枪来，这不是自己找死吗？幸好警察都是身经百战，一枪过去打穿了九哥的手掌，命没伤，枪掉了。九哥成了阶下囚，再想翻盘也难了。

焦所说这事说来话长，我就长话短说。九哥这些年走私，开始的时候是走私车，后来就沾上了毒。帮九哥办事的是菜刀和小柳。菜刀负责打天下，小柳负责色诱，拉当地官员和大哥们下水，上床拍照勒索。

九哥用钱和兄弟情控制菜刀。其实当初打断菜刀腿的事就是九哥找人做的。他看准菜刀憨厚，先打后治，一下让菜刀死心塌地了。

对小柳则花了点力气。冰汆是一个要挟，谁知道小柳不吃这套，还说可以一起死，反正她是个毒虫，啥都怕，就不怕死。九哥干脆以毒攻毒，上了软刀子，给好货，只要你办事。小柳这才上道，但也没彻底上道。小柳心高有性子，得了艾滋后恨上了九哥，回沈阳就是来找九哥麻烦，要钱，要粉，张嘴就骂，恨上来就说要去举报。小柳还想过把九哥拉上床，传染给九哥。可惜九哥不好色。两人谈了一次，彻底说崩了。九哥趁着小柳上劲的时候，用注射器在她脖子上扎了能毒死一匹马的量，又把尸体扔到了运河边。

焦所说，你看看，在哪里犯的事，最后交待到哪里。老天爷到底是有眼的。

事情到了这一步，所有被掩盖的秘密都浮出水面。用老伍的话说，那件事不怪小柳，是那人跟踪强奸，小柳是自卫。老伍说，那会儿他们年轻，都怕，怕警察，怕耽误了小柳的名声。小柳哭着找来的时候，是老伍第一个想到了毁尸灭迹。汽油是九哥的，那会儿他在汽车厂上班，经常弄点油出来换酒钱。

老伍、菜刀和九哥都被关在看守所，案子要一个个地来，一个个地判。老伍为求立功，又交代了九哥行贿的名单，那时候他偶尔会帮九哥开车，金条送到谁家，他心里

第一篇　会武街杂事

大致都有数。这一下子天被捅破了，看守所又多了好多熟面孔。上头震怒，派人来彻查，凡是牵扯进去的，必须严惩，要给老百姓一个交代。

焦所在富所的坟前喝多了，摇摇晃晃地往回走，嘴里哼着峥嵘岁月何惧风流。

焦所还是不理解老伍，可我知道，老伍不是为了立功，是为了给小柳报仇。可有些时候老天爷才不管你因为啥，他只管自己的逻辑。老伍戴罪立功，真的就只判了一个缓刑。

出了看守所，老伍就跟小琴办了离婚。小琴心没狠到底，没要房子，最后给自己要了点脸面。老伍琢磨了一下，把满屋子的进口家电都卖了，钱给了小琴，让她去上海做手术，修补兔唇，以后嫁个好人家。

河畔花园的别墅被查封了，葛莉和儿子的海外户口也被冻结了，都是赃款，没一分拿得走。葛莉从始至终没说九哥一个不字儿。警察查翻天，九哥的事也跟葛莉没关系。

还是焦所从上海那边传来的文件中发现一条线索，葛莉当年没去内蒙古，她在上海奉贤的五四农场插队，不过她死去的前夫是和九哥一起在内蒙古插队的上海知青。都说两人同食同寝，形影不离，好得穿一条裤子。焦所看着葛莉，葛莉红了眼眶，"他们都是好人，他们没这个命"。焦所大概听明白了，没多问。

有风声说焦所要调回分局，他没想好去不去，也想离婚，但也没想好。焦所最近有些懒，多年来拎着的一口气断了，干啥都没意思了。

后来倒不用他想了。九哥最后交代说也给焦所家送过东西。九哥知道自己不得好死后，能交代的都交代了，想着黄泉路上得有人做伴。焦所以为东西都让言书娇上交了，根本没想到她私留下几根金条，一些外汇。焦所拿了一个大处分，转头办了离婚，言书娇净身出户。

案子到现在还没算完，南方还有一摊事儿牵连其中。包括菜刀犯下的人命案，包括被小柳拉下水的那批人。每天都有新闻，看得人眼花缭乱。

九哥和菜刀最后被判了死刑。会武街炸锅了，说早就看出来俩人不是好东西，三岁看到老，俩人小时候把小老鼠扔人家孩子摇篮里，把黄鼠狼扔进人家屋里的事都被街坊翻出来了，以证明他们注定不得好死。

老伍走到近前，唠叨的邻居们才闭上嘴。老伍当然也不是好东西，但毕竟活着，越坏越让人怕。

老伍现在每天从会武街走到五爱街看床子，给别人看。当初在九哥那儿兑下的床子一直没办手续，被警察当证据收了，老伍拿不出收据凭条来给自己证明，也不想为这点事再闹腾。没有就没有了。这辈子没有的东西太多了，不差这一点。

老伍一下子老了，倒更有派头了。他穿着九哥给他置办的专柜名牌，在五爱街给人卖货，不少人把他当成老板，整得真老板都无奈了。

老伍下了行，从五爱街走回到会武街，去四季面馆吃一碗抻面，睡一会儿，晚上去南运河边散步。他看着深绿色的河水，什么都不想，但什么都在心里翻来覆去。

我一直陪着老伍。我想告诉他，小柳走的时候挺惦记他的，我想说小柳后悔了，她当初该和他在一起，老老实实平平安安过日子，可惜她心气儿太高了，总想拼个前程，嫁个富贵，最终落了个没下场的下场。我想老伍如果知道，心里多少能轻快点儿。但我什么都没法说。我看见河边柳树枝条摇曳，老伍的脸哆嗦了一下。

老伍有时候会给小柳烧纸，除了纸钱，还会带来点回头和羊汤。小柳就好这一口，万不能断了。回头好吃回头难啊，老伍整出这么一句。

老伍说就这么过下去吧，以后兴许还能见，还有下辈子呢。

我叫吴大力。被小柳杀死，被老伍他们烧了的那个男人就是我生父。他们是我的杀父仇人，却是我妈的恩人。我很感激他们。

我也该走了，到另一个世界去。不过，如果有下辈子，我才不做人呢。

第二篇　四少

四少是个女的。打扮成男人样的女的。平头，对襟国服，圆头布鞋。脖子上挂着一串佛牌，据说是从泰国请回来的，据说值一套房。

四少曾是会武街首富。

四少是我小姨。

1

老李家四个丫头，我妈行大，四少最小，差了整十岁，也差不多有整十年没说过话了。十年里，四少在会武街从人人嫌弃到人人恭敬，来了一个完美转身。虽然她已经很少回来。更好，人不在，传说才能精彩。

这都不重要，要紧的是，四少已经是远近闻名的仙儿。四少在外头受多少追捧，在我妈这儿就接多少咒骂。我妈咬牙切齿地说，老李家就没这个人！我低头往嘴里塞排骨炖豆角，当听不见。

我刚大学毕业，投了几十份简历，前途和心情一样茫然。我想出国，但我说不出口。我家没钱，为供我上大学，我妈卖过馒头，出过夜市，帮烧烤店穿串，帮服装店扛大包，只要赚钱她就干，不到五十的人，看着比隔壁六七十的老太太还老。何况我妈早就说，女孩子，老实本分就好，跑那么远，吃亏都没处诉苦去。

我妈常跟我诉苦，在她的认知里，这些年受的苦遭的罪，都因为四少。

十年前的冬夜，四少突然从睡梦中惊醒，指着屋顶说家里来了客，让我妈赶紧下饺子去，还把我扒拉起来买酒，要最好的。

那会儿四少还和我们住一起，和我睡上下铺。我爸表面上没说啥，但心里不乐意，早就跟我妈商量让四少走。我妈也没那么姐妹情深，她是因为占了爹妈留下来的房子结婚，总不好明目张胆地把还没出嫁的妹妹撵到大街上。

从某种意义上来说，我爸算是倒插门，所以也没资格挺直腰杆撕破脸。看着我睡眼惺忪，迷迷瞪瞪撞上了门，四少又叫嚷不休，我爸只好披上衣服往外走，买酒，买最好的。

我爸再没回来。他又困又气，没来得及躲闪从路边钻出来的卡车，脑袋成了烂西瓜，红的白的摊在黑色柏油路上，落雪了，雪花掩盖了一些狰狞破碎，冬夜重归寂静。

那年我十三岁，念初一。会武街的老邻居们来家里吊唁，摸着我的脑袋说我妈命苦，外公外婆死得早，她一个人拉扯三个妹妹长大，好不容易成了家，眼看要过上好日子，又成了寡妇。他们说你将来一定要孝顺你妈。

我低着头，忘了哭。我偷眼看站在一边的四少，我妈也在盯着四少，眼珠子里冒出火来。四少一脸坦然，事不关己的样子。她在出事的第一时间就说，我早告诉你们家里来客了，让你们买酒还满肚子不高兴，这下把客也得罪了。现在又慢悠悠开口说出事是我爸得罪了那个什么客，自找的，所谓命里有时终须有。我妈冲上去要抓她的脸撕她的嘴，她躲了。

邻居们拉着我妈，把白眼都给了四少。老李家怎么养活了你这么个东西，楼上朱奶奶拿着拐棍点着四少的胸口，幸好你爹妈死得早，要是活着，也得被你给气死。四少往后退了一步，眨巴眨巴眼睛说，你家也不干净，让你大孙子最近加点小心，说完走了，留下一屋子众怒。朱奶奶要不是看我妈快要晕倒，一准儿先躺下，捂心口吐白沫，跟我们没完。

从火葬场回来，我妈就把四少的东西都扔到了门外，说这辈子她再不认识这个祸害。我妈说你给我好好念书，争点气，这辈子我指望你了。

四少半夜回来，门已经换了锁，她捡走了门口自己的那点东西，头也不回地走了。

后来我时常会想，要是那天出去买酒的是我，是不是一切都不会发生？如此想来，我妈应该也是恨我的。但她不能明说，因为她现在只有我了。所以她看我的眼神一会儿温柔一会儿寒凉。

我知道这么想又胆小又没良心，那好歹也是我妈啊，可我还是忍不住会这么想，也忍不住想要躲着我妈。我受不了她眼神刀子一样地刮在我身上，更受不了她咬牙切齿地咒天骂地怨人。我妈一直觉得这世界都欠了她，但她没办法找整个世界说理去，她只有我，我就承担了一个世界的亏欠，就得孝顺、得听话，不然她就会哭天抹泪，谩骂不休。我那时候才十三岁啊，我没处躲没处跑，只能强挺着。她骂够了，就抱着我哭，说我们孤儿寡母都是四少害的，这辈子也不能原谅了她。

说实话，我没那么恨四少。我打小跟她睡一个屋，她会讲鬼故事吓唬我，还会偷偷带好吃的给我，帮我在不及格的卷子上签字，在我想逃学的时候写病假条。四少也不会让我报答，不会说你将来也要对我好之类的话。四少从不觉得对人家好是需要对等交换的，这样的人相处起来很舒服。我偶尔也会把一些秘密告诉四少，比如班上谁和谁好上了，比如谁考试作弊了。四少听完半晌说挺好的。我问，哪儿好？四少说，你比他们都强，这还不好。我顿觉自己确实挺好，那些盘桓在心里的小嫉妒和小羡慕都烟消云散了。我觉得四少真聪明。

可打那时候起，我妈不许我再搭理四少，不然我就是没心没肺的白眼狼。

2

四少生在会武街,她出生的时候那座曾经保佑过先人的山东庙已经不见踪影——解放后历经运动,劫难中菩萨自身难保,昔人已乘黄鹤去,此地连楼都没留下,倒是会武街,不被各路牛鬼蛇神拖累,留存了下来。

会武街弯曲细长,如枝丫般蔓延,叶子便是那些参差不齐的平房杂院。居民以工人为主,他们工作的地方,不是铁西区、大东区的国营大厂,只是街道小厂,手工作坊工作清闲,工资倒是托了制度的福,和大厂平齐,于是家庭生活便热闹起来。那年代还没开展计划生育,会武街家家都有一窝孩子,也不愁养不大,一个羊是赶,两个羊也是放。祖籍山东的会武街土著,粗放、爽利、要强、好斗、敢闯,不服输,不认命,可惜这些优秀品质在一辈不如一辈的传承中渐渐消失了,只在某个特例身上偶露峥嵘,比如,很多年后的四少。

那时候,姥爷在街道工厂蹬三轮车送货,姥姥在供销社当售货员,时不常往家顺点酱油糖块甜面酱,日子比一般人家多些滋味儿。四少上头有三个姐姐。姥爷姥姥都盼着生个儿子，到了夜里，把三个丫头赶到下屋哄睡着，便熄了灯上床忙乎。不白忙，三两个月就见了动静。又过了两三个月，街坊大婶儿见姥姥尖尖的肚子，嘴里不停嚼着酸杏，咬准了必是男胎。姥爷顿觉扬眉吐气，请朋友提前喝了好几顿酒，等到瓜熟蒂落，见还是女娃，就都有点始料未及。

姥爷跟姥姥商量，要不送人吧，山东老家有远房亲戚，没孩子，早就说想抱一个。姥爷本来打算是儿子一落地，就在三个姐姐里头挑一个送走，现在看这个名额给四少正合适。姥姥没吭声，算是答应了。停了一会儿，姥姥开口，过了满月吧。吃我一个月奶，也算成全了母女一场的缘分。

还没来得及送走，四少病了，发烧，抽搐，口吐白沫。姥爷蹬着三轮，姥姥怀抱着眼看快要不行的四少往医院赶，来回折腾了整一个月。这几近成了那个冬天会武街住户们的集体记忆。很多年后，邻居朱奶奶终于恍然大悟，认为这是四少初显不凡的征兆，是这孩子有灵气儿，不想走，才这么闹腾了一番呢。

在姥爷姥姥花光了不多的积蓄，也对怀里的娃有了牵肠挂肚的感情后，四少那一身连医生都挠头的病彻底好了，算不治而愈。姥爷犹豫着，还是想把四少送走，姥姥却舍不得了。两人聊了半宿，最后还是姥爷拿了主意，不为别的，就冲家里盆干碗净，万一再闹病怎么弄？老百姓人家遇到不好办的事，最后都是钱说了算。姥姥又不吭声了。

转天天一亮，姥爷突然收到了好些年前借出去的外债，本来都不指望了，所以虽然是自己的钱，倒有了天降横财的喜悦。俩人怎么想都觉得不合情理，最后把目光落在了四少身上，丫头睡得正香，嘴角带着一丝笑。姥姥拍了一下大腿，行了，这孩子命好，自己带着粮票来的，留下吧。

就这样，老李家的四个女娃一起在会武街长大了。

3

在街坊四邻的另一份集体记忆中，四少童年乃至少年时代除了淘得没边外，丝毫没显露出任何将来有出息乃至成为仙家的迹象。倒是有不少大妈因为被四少往锅里扔了砖头，往酸菜缸里塞了死老鼠，咬牙切齿地预言将来四少要吃牢米饭。

如果按照给名人著书立传的写法，非要牵强附会，弄出点不一样的成长故事，那就只能说，四少从里到外都不像个丫头。她顶着因为闹虱子被姥爷推成的小平头，黢黑肤色，胆子极大，手拎着活老鼠尾巴，胳膊抡圆转圈，直到把老鼠转晕菜，把别人家的正经女娃吓得哇哇哭。没女孩愿意跟她玩，她就领着街上男孩们探险，跑工地上偷铁块卖钱换冰棍和爆米花，让看工地的大狗追了三里地。

最离谱的一次，不知道从哪儿听说了青年公园解放前是乱葬岗，花坛下还有人骨头，她来了兴致，逼着几个孩子跟她一起去找。大冬天北风烟雪，呜咽着像鬼哭，孩子们吓的吓怕的怕，她果真在围墙边翻出来一根腿骨，高兴得不得了，像孙悟空得了金箍棒。同去的那些孩子回到家纷纷病倒，四少没事人一样。

那天晚上会武街炸了锅，好几个家长都找到了姥爷，堵着门骂街，要医药费，要严惩罪魁祸首，甚至要他们赶紧搬家。姥爷鸡啄米地点头赔不是，把家里存的鸡蛋都拿出来，挨家分。转身回屋，开着门，把四少吊起来打，皮带抽下去，四少鬼哭狼嚎，保证以后再不闯祸。姥姥也哭，说不如当初送人，现在倒省心。四少突然收了声，盯着姥姥看，姥姥没觉得这算啥事，以为四少是被打傻了，干脆补上一耳光，以毒攻毒。邻居们觉得够解气，也各自回家了。

四少后半夜开始发高烧，抽搐，吐白沫。姥爷还在气头上，坚决不去医院，钱和鸡蛋都没了，病死拉倒！姥姥没办法，拿着四少的衣服跑出去在街口喊魂儿。天亮了，四少烧也退了。从那天开始，四少变老实了，走路溜边，目光低垂。健忘的邻居逗她是不是在捡钱，她也不吭气儿。过了几个月，四少的头发长了，没怎么在外头疯跑，皮肤也白了，再抬起头来的时候，细长眼眉居然露出了点清秀来。

会武街逼仄平静，日子琐碎繁杂，四少的变化并没有人放在心上。转年开春，倒春寒最冷的那天，姥爷和姥姥傍晚出去吃喜酒，宾主尽欢，散席时深夜已至，只好搭顺风车。司机看上去还算神色清明，不承想也喝了两杯，行至郊区土路，一个晃神，轮底打滑，车子疾疾斜刺向路边废弃砖墙堆。人仰车翻，老两口被压在砖石下，后来医生说，如果早些送来可能不会死，可惜天冷夜黑少路人，第二天一早才被环卫工发现。

四少成了孤儿，我妈在街道和邻居的帮衬下发丧了爹娘。那年我妈十八，二姨十六。街道和厂里一商量，让我妈接了姥爷的班。二姨也匆匆退了学，去供销社套上了姥姥留下的工作服，这样好歹收入有了，能对付活下去。邻居们拉着我妈的手说，你这孩子命苦，可谁让你是老大呢，熬着吧。他们看着底下三个妹妹说，你们可得记住，将来好好报答你姐啊。

四个女娃，说大不大，说不懂事也都懂了，说懂事也都不太懂，就这样一头扎进了人生里。光顾活着，没空琢磨道理。

所谓孤女血泪的日子，写出来触目惊心，过起来却是顺水推舟。我妈说那会儿也想爹娘，但没空总想，上班下班洗衣服做饭，这些七零八碎把心和时间都塞满了。只记得累，饿，忙，钱不够花。三姨还在念书，脑袋瓜机灵，成绩好，想考高中，念大学，我妈和二姨把两人的工资条摆出来，谁也不多吭声，三姨就改去念了一个中专，对两个姐姐再没有笑模样。

转眼，四少也初中毕业了，成绩一塌糊涂，念了一个技校，什么技术都没学会，倒在外头认识了一群朋友，抽烟，喝酒，打架，一样不落。四少虽然是个女娃，个子又小,但专门蹲墙根儿,手里捏一块砖头,趁人不注意的时候跳起来往脑袋上抡,赢了半条街的名声,也让我妈好不容易攒的体己一夜东流。我妈气得要打四少,却被四少的眼神逼退了。我妈知道她敢动手,四少就敢跟她拼命。

四少见过我妈偷偷关上门吃独食,渣都不剩下,也见过老三记账,把花家里的每分钱都认真写在一个红皮小本上,打算将来一分不差地还上。四少还不止一次听老二对她说,当年就该把你送人。四少想买一条好裙子的时候说,想烫头的时候说,凡是家里钱紧的时候都要说。老二说,老大点头,老三当听不见。四少心里凉透了。她不知道别人家姐妹都什么样,老李家,也就这回事儿吧。四少在家就横着走,不管不顾的。也是从那会儿起,大家当面背后都叫她四少,带着不怎么遮掩的调侃和不屑。

我妈从来都不喜欢四少,我妈好像也不太喜欢二姨三姨,她们姐儿四个处得比一般亲戚还生分。打小几个人就一起抢饭,抢衣服,抢姥姥姥爷的关注,斗成了乌眼鸡,心里都觉得被其他几个占了便宜,都委屈。姥姥姥爷走了,她们在本该被疼爱的无忧无虑的年纪操心起了柴米油盐,被迫长大,更委屈,心疼自己都来不及,哪有力气顾得上别个。可是碍着街坊邻居无处不在的目光，姐几个只能表面上和谐共处。压抑的委屈渐渐成了丝丝缕缕的恨，巴不得一早散伙。

二姨三姨都是刚到年龄就结了婚。二姨嫁了一个当兵的，三姨跟了一个大厂的技术工人，分别搬到北陵和铁西，力所能及地远嫁。二姨三姨结婚当天出门的时候，我妈躲在屋里不愿意出来，长姐成了老姑娘，我妈怕让人看出来她心里的恨，宁愿让大家误会成"舍不得"。自此两人再不回会武街，我妈也不去串门子，没老人的好处就是再没有推托不了的团聚理由，逢年过节她们最多打个电话，彼此通个气儿，意思是都还活着。

我妈结婚晚了些，她怪三个妹妹，因为任谁也不愿意找四姐妹的老大，平白多了一肩膀的责任和义务。我爸也不愿意，但我爸是乡下人，图我妈的户口和会武街的房子。而且当时两个大妹妹都结了婚，只有四少还跟着我妈过，眼见着过个两三年就结婚出门子，我妈早就说过，她把三个妹妹养活大，房子归她一人。我爸觉得划算。

可人算不如天算，四少都二十好几了，还跟我睡上下铺呢。她那些年没干啥正经事，高兴了就去打几天散工，或者跟着谁跑到外面做买卖，钱是一分没拿回来，但好歹算是不惹事了。我妈托了不少人帮四少介绍对象，四少去见，吃一顿饭，抹抹嘴回来都说不行，胖，蠢，看着烦。一来二去的，也没人愿意管她了。四少结婚遥遥无期，我爸心里的憋闷就别提了，没少跟我妈闹别扭。这么一想，我爸的死好像真还跟四少挂着关系。

在我爸死后很长一段时间，不管遭遇到什么，小到换灯泡，修理抽水马桶，大到研究我的中考高考志愿，我妈都会挂在嘴边一句，要是你爸在就好了。在我妈的回忆里，我爸成了天底下最好的男人。她忘了我爸没出息，不会赚钱，懒又笨，忘了我爸活着的时候他们三天两头吵架，忘了她说真是瞎了眼才嫁给我爸。我妈用想象把我爸换成了一个完美的人，然后更加恨四少，好像四少毁了她所有幸福的可能，好像只有这样，她才能熬过现实的不堪。

4

四少被我妈扫地出门，没离开会武街，在靠着山东庙旧址的一栋老楼租了一个单间，摆上了白奶奶的牌位，悄没声儿地开业大吉。这牌位是姥姥传下来的，老太太偷着磕头，叨咕所有靠谱不靠谱的心愿。神仙听没听见不知道，四少是都听在了心里。姥姥走了，牌位被我妈塞进床底下，不知什么时候落在四少手里了。

谁家的窗户也挡不住秘密，大家都等着看四少的幺蛾子。

第一个找上门的是朱奶奶，拐棍磕在地上，一路走一路引人听音儿。

朱奶奶看着四少，老泪纵横。还真让四少说着了，家里大孙子确实出了事，那么老实的孩子，怎么就跟人动手打上架了呢，怎么就还把人家眼睛给打瞎了呢？都是家里的独苗，人家爹妈不依不饶要往死里整他，咋办呢？四少低头不说话，老太太哭得上气不接下气。

四少等了好一会儿才抬头，抓住一个气口，低声说，有救。老太太浑浊的老眼瞬间亮了，眼里的四少带上了一圈光环。四少站起来，在小屋里踱步，嘴里念念有词，含混不清，却更添了一层由神秘引发的崇拜。四少转了好几圈，在窗口站定，盯着外头的太阳光说，回去等信儿吧，不出一个礼拜，人能回来。

老太太傻了，惊了，不知该如何是好了，忙翻口袋掏出布包一层层打开，把里头整的零的票子往四少手里塞，说要是真应验了，还有重谢。四少死活不接，说她被仙师选中，引上了这帮人消灾的明路，是师门里的修行，不是为她自己个儿求财，说完目光灼灼地看着桌上的白奶奶。老太太这会儿心明眼亮，把钱直接放在桌上，丫头，不是给你的，是给白奶奶的。

朱奶奶回到家没一会儿，她家儿媳妇就找到我家堵着门骂，大半个钟头唾沫横飞一句不带重样的，中心思想就一个，四少脏心烂肺，老李家一家不是人，早晚断子绝孙。我妈关着门，我在屋里闷头写作业，一个字没写出来，题在眼里都变了形。要不是朱奶奶在家拧开了一瓶敌敌畏要寻死，这场骂估计能从天黑持续到天亮。

朱奶奶没真喝，她和儿媳妇斗智斗勇这么多年，有丰富的斗争经验，知道制服泼辣人就一招，寻死。横的也怕不要命的。但不能真死，不然房子、儿子、孙子都成了人家的。朱奶奶一点都不傻，舍自己的命成全别人的事她才不会干呢。儿媳妇看着装死的婆婆，想着等判决下来，她就离婚。这日子没法过了。

朱奶奶关上门教训儿媳妇，你咋这么沉不住气？死马当成活马医。要是真不成，你还怕我不能把钱要回来？儿媳妇看着老太太，想起她多年在会武街从没吃过亏的能耐，心里多少有些佩服了。

第五天头上，朱奶奶的大孙子果真回家了。会武街都惊动了，内中的盘根错节没人想追究，大家口耳相传的是四少的神通。这绝对不是一般人啊，出马仙，朱奶奶含蓄地笑，也掩饰不住一脸骄傲，当然值得骄傲，她第一个认出了神仙，没点慧眼能行？她彻底忘了头几天在心里盘算找四少算账的细节，之前她还想，如果四少不认账，大不了就躺到我家门口寻死觅活再作一场呢。

儿媳妇忙着做饭，不再跟婆婆计较，一锅饺子煮出来，酸菜羊肉馅，扑鼻香，家里人没动筷，朱奶奶颤巍巍地先给四少端了一盘，然后送到我家一盘。我妈冷着脸没要。她心里太清楚四少是什么货色，装神弄鬼蒙人撞大运，早晚遭报应。她更清楚，前些日子还都站在她一边的街坊，今后都是四少的同盟军。不能怪人家墙头草，过日子，谁家都会有个大事小情的，跟神仙结善缘比跟个寡妇交好总要实惠得多。

我妈告诉我，别人她管不了，但我绝对不许跟四少打连连[1]，要不然她就当没我这个女儿。这话我妈翻来覆去地说，就差写我脑门上了。我听着烦，开始还敷衍地点两下头，后来甚至懒得敷衍了。我妈急了，她就我一个依靠，我必须跟她一伙。她拧我的耳朵说，你听见没？

我抬起眼看着我妈，我爸死了才几天啊，我妈好像老了不少。她本来就瘦，现在颧骨都支棱出来了，脸上连一两肉都没有。我突然心软了，到厨房给我妈下了一碗鸡蛋挂面，我妈囫囵吃着，吧嗒吧嗒掉眼泪。

四少到底还是推了朱奶奶备的谢礼，那封厚厚的红包。四少说，小时候自己碎过朱奶奶家的窗玻璃呢，这次帮忙是给自己赎罪，是修行，是仙师立的规矩。朱奶奶激动得差点一个头磕下去，赶着四少叫活祖宗活菩萨。四少把朱奶奶搀住，亲自送回家，俩人的背影在夕阳下染了一层殷红，拉满了一条街。人们看着，称奇道怪，最后一统成了敬仰崇拜。四少走这一遭，图的就是这个。没几步路，但她知道，她站住脚跟了。

---

[1] 东北话，意思是拉扯不断，纠缠不清。

朱奶奶不遗余力地给四少扬名，再平淡的事添油加醋地说了上百遍也能成就传说。比如四少头上有光，神仙一样，七彩祥光，比如那间出租屋里一进去就跟踏上了福地似的，云朵样的软绵托人，还比如四少还没满月的时候，拼着自己闹病闹灾，死活留在这个穷家，为的就是山东庙这口仙气儿，她注定要在这里修炼呢。这都是白奶奶的神通，是四少的造化，也是一方水土的福气。白奶奶都知道吧，东北五仙里头最心善最有神通的，保家宅保平安保发财保姻缘，没难添福，有灾化灾。四少就是白奶奶的弟子，帮白奶奶办事。

四少的名号就这么传开了，那间不大的出租屋渐渐门庭若市。四少从来不说要钱，但人们主动孝敬白奶奶她不拦着。四少轻易不出门，黝黑的肤色变白了，头发长了，顺滑地贴在脖颈处，身上也多了些肉，倒有些丰腴的意思，眉眼显出柔情，任谁看都是个良善女子了。朱奶奶一撇嘴，吐出四个字，仙风道骨！人都点头，都说对对对。

我妈和我在不同场合不同人口中频繁听说四少的各种神通，找失物，清家宅，看风水，安魂魄，对此我妈嗤之以鼻，啐个不停，嘴角拉出两道深痕，更显出老相。有些不知根底的想走我妈的门路求四少问事，我妈黑着脸把人赶走，关上门说四少就是故意恶心她，不然怎么就在家门口阴魂不散。我的老师有次悄悄问我，四少是不是真的有本事，我不知怎么回答。我能怎么回答呢，我自己个儿还没弄清呢。

5

我永远不会让我妈知道，我和四少一直没有如她所愿划清界限。四少搬走之后，还是隔三岔五去学校找我，给我塞点零花钱。有次我俩坐在操场边的秋千架上，有一搭没一搭地说话。四少问我，他回来了吗？我摇摇头。

他叫菜刀，大名蔡宝明，我同班同学的舅舅，也算是会武街过去的传奇。据说菜刀最风云的时候，曾经一个人抄着一把菜刀，把十几个在街口老余头开的回头店里闹事的混混撵得满街跑。菜刀结巴，手黑，心善，不祸害邻居，谁家摊了事，只要言语一声，菜刀就会仗义挺身，就算不吭声，路上遇见了，菜刀也会伸把手。就这么着，菜刀伸进了四少心里。

那会儿四少刚满十八，也算闯了几年，用砖头开过几个倒霉脑袋，血呲呼啦看着吓人，但都是皮外伤。伤好了自然就要复仇，拿着弹簧刀等在四少的必经之路上。四少到底是个姑娘，躲起来下黑手行，当面硬碰硬没胜算。对方又是个愣的，眼看刀刃就要割在四少脸上，菜刀横里冲出来，硬是用手把刀攥住了。后来四少在香港动作片里看到过类似镜头，不管是周润发还是刘德华，她觉得都没菜刀帅。

打人的和被救的同时傻了眼。四少呆愣愣地看着，还是菜刀把四少推开，又反手把刀夺过来。打人的回魂激灵了，转身就跑，菜刀想追，被四少一把拉住。

四少不顾拒绝，死活把菜刀拉进了小医院。菜刀不怕留疤，缝针打破伤风针的时候眉头都不皱，只怪四少到底是个女人，太多事。但菜刀说不出这么整段的话，只一个字，×。四少都听明白了，心里笑出了花。

四少开始有事没事去找菜刀，反正菜刀也不会开口拒绝。我妈开工资，炸了一锅肉酱，本来打算吃半个月，四少偷着舀了大半碗带给菜刀。菜刀拿生黄瓜萝卜蘸酱，吧唧嘴的声音快要掀开房顶。别人看是粗鲁，落在四少眼里这就叫爷们样。四少忍住笑,回到家不管我妈冷着脸,非要学炸酱。四少这辈子会做的菜不多,炸酱倒是一手绝活。

四少拿手指头蘸着酱往菜刀嘴边送,非要他尝尝。菜刀皱眉:"咋没个姑娘样?"四少红了脸。

一起吃饭,菜刀把最大块的排骨给四少,四少又往菜刀碗里回夹,见他皱眉,四少才老老实实吃进嘴里。菜刀也不许人欺负四少,遇见有人给四少白眼,他抡拳头就冲上去。四少站在后头,眼里心底都淌着暖流。

四少从此成了菜刀的尾巴,走哪儿跟到哪儿,什么都跟菜刀说。

"我姐让我去上班,我不想去,我说我找到工作了,我跟他们玩台球,一杆十块。我赚了一百多呢。我是不是挺厉害的?

"我就烦那几个装腔作势的女的,那红嘴唇抹的,跟吃了死孩子似的。还觉得自己挺美。你说是不是特别招人烦?

"我合计了,等以后我也开个台球厅,到时候你来啊,我不收你钱。陪我玩就行。"

菜刀走在前头,不吭声,都听见也都默许了。四少心里痒痒的，抬头见柳树枝上冒出了一层毛茸茸的绿意。

四少跟着菜刀认识了老伍、九哥和小柳，她多少能看出来菜刀喜欢小柳。小柳平常不在意菜刀，偶尔一个眼风飘过来，夹着一点笑音，菜刀就红了脸。小柳好看，白白净净，腰肢纤细，笑的时候喜欢歪着头咬着下嘴唇，一般男人都扛不住。四少心里嫉妒，行为却诚实得很，回家关上门偷摸学，弄了件小柳常穿的布拉吉套在身上，对着镜子笑，可刚一咧嘴，就给自己吓一跳。四少把裙子扔到一边，她想她就好好对菜刀，兴许菜刀不是那种只看模样的男人呢。一定不是。她四少喜欢的怎么可能是那种人。

四少想，菜刀多少也是喜欢她的，兴许没喜欢小柳那么多，但不怕，只要有一点喜欢的种子就够了。日子那么长，四少会一直死磕下去，直到它生根发芽。何况四少也不傻，她知道小柳看不上菜刀。小柳心气儿高着呢，谁都看不上。四少替菜刀委屈，因为在四少看来，明明是小柳配不上菜刀。

四少没少给小柳脸子看，说话也夹枪带棒。小柳不爱跟四少一般见识，全部心思都放在追一个刚毕业的大学生身上。

菜刀真是不知道四少转了这么多念头。他不烦四少，四少跟他在一处的时候话虽多，可有眼力见儿，是个不错的小兄弟。而且四少把他当救命恩人，当大哥，不像其他几个，把他当傻弟弟，还笑话他嘴笨。四少从来不笑话，也不抢他的话，不管他说得多慢，四少都眼巴巴地看着他，等着他说完。菜刀觉得在这样的目光注视下，他都聪明了许多。也可能他本来就聪明，是他们看不到。菜刀想到这儿，就揉揉四少的脑袋。四少的心都被揉化了。

　　四少本来琢磨等她生日的时候，单请菜刀吃顿饭，然后当面表白。四少还给菜刀准备了一份礼物，一副黑色皮手套，露手指的那种。四少惦记着菜刀手心里的疤，扭曲的红色疤痕横断了掌心，之前被小柳笑说像长虫，四少心里疼了一下，那疤是她的，是菜刀对她好的凭证，是俩人之间的缘分，容不得别人说三道四。所以要藏起来，收好。

　　等菜刀等到了十二点，饭馆打烊了，四少就蹲在门口接着等。天亮了，扫街的来了，四少腿也等麻了，拖着往家走。四少再没见到菜刀。后来四少听说，菜刀是跟着小柳一起去了南方。

　　四少把手套压在枕头底下，这段心事就沉在了梦里。

四少跟谁都没明说，但她从没放弃过打听菜刀的消息。她觉得菜刀一定会回来，她和菜刀一定还有没完的缘分。

四少魂不守舍了一段日子。我妈再迟钝也看出来四少有问题。出去打听一圈，才知道了四少夭折的初恋。我妈想想后怕，幸好菜刀走了。要是真跟四少牵扯上，以后四少没好果子吃。菜刀家困难，爹瘫娘聋，姐姐嫁给路口修自行车的，还有个弟弟在念书。谁跟了他，都是一辈子的麻烦。

最心灰意冷的时候，四少发现我和菜刀的外甥成了同学，这成了四少眼里缘起不灭的佐证。是老天爷不想让她忘了菜刀，不然怎么会又把断了的线连起来？四少把我当成了最亲近的人，给我买好吃的，给我钱，还帮我老师看了姻缘，让我顺利拿到了三好学生奖状，免了每月二十块的补习费。我妈早就说过不会给我出这个钱，我妈说你要是有心学习，上课听讲就够用了。那些课外补习都是骗人的。我说不过我妈，也知道她是真没钱。但我才不要跟四少老死不相往来。

放了学，我跟四少坐在南运河边。我问四少，你真的能看见客？四少没说话，一直看着天边的火烧云，眼睛里头水汪汪的。我问，白奶奶怎么跟你说的？为啥选了你当徒弟？四少还是不说话，像是不屑于回答我的白痴问题。我不甘心，再问，你怎么不去找他？南方又不是外国，你又不是没有腿。四少拍了拍裤子上的土，白了我一眼："赶紧回家，一会儿小心你妈找来。那个泼妇，我可惹不起。"我气结，应该小心的是她吧，阴魂不散地跟着我。我抬腿要走，四少突然软了下来，伸手拉住我。

"我害怕……"四少垂下头，"万一他不喜欢我怎么办？"

我很少看见四少这么可怜巴巴的样子，突然觉得有些好笑。

"万一他和小柳在一起了呢？"

我突然恶毒："你不是能通仙儿吗？这点事还不好办？"

四少再没回答。

等到我也谈了恋爱，我才明白，四少不去找菜刀，是真的不敢。

不去找，心里总还能存着点万一的可能。她宁愿骗死自己，也不愿意承认菜刀不喜欢她，心里一点都没她。菜刀可是帮她挡过刀的人啊。爹妈都没这么疼过她，仨姐姐都没这么疼过她。四少决定等下去,早晚她能等到一个好结果。

虽然确定了不去找,四少心里还是难忍地痒痒。她曾经私下去问九哥,菜刀为啥要走?九哥想了想说,不走,守着穷家等死吗?四少恍然大悟,甚至有些开心,原来菜刀不是为了别人。只要不是为了别人,对四少来说就是天大的好消息。

从那时候开始,四少满心琢磨怎么赚钱。她想她要是有足够的钱,菜刀可能就会回来。可四少能怎么赚钱呢?她既没本事也没本金,就算找个地方上班,死工资也就将将够养活自己。她得想个不一样的法子。可到底是慈恩寺门口的瞎子还是八王寺外的老道让四少动起了吃这碗饭的念头,就没人知道了。

6

在很长一段时间里,朱奶奶俨然成了四少的代言人,老太太坐在楼道口晒太阳,瘪着没牙的嘴说,人家可不是什么事都管,什么人都看,老佛爷也不是什么人都帮的,不然还不乱套了？按照朱奶奶传的话，凡是找四少看事的，都要先自我检查一番，有没有伤天害理，有没有脏心烂肺。存心害人的四少不管，小三想上位四少就给骂出去。只有一心良善，图个家宅平安的，四少才接待。饶是这么着，四少的生意也越来越好。可能是因为没人会承认自己是个坏人吧。

　　四少的客户三教九流，问的事却大同小异。女人求爱求子，要出轨的老公回心转意，要一举得男或男女双全；男人求财求权，换办公室要先布风水局，搬家要琢磨八字能否匹配上皇历的吉日。日子久了，有些人刚进门，四少一打眼就能看出他心里的困局，三言两语就能说到人家心窝里。

　　中年女人，衣着考究，形容邋遢，一准哭诉老公有了外人，要四少帮忙把狐狸精收走。中年男人，气派不凡，身边跟着司机和秘书，多半就是为了驱小人，扫清升迁路上的潜在障碍。四少话不多，有几句一定要说在前面：她可以帮忙化解，可以行法事，不过求的人一定要心诚，不能有一丝半点杂念。不然事儿不成，还损了四少自己的修行。后来大家伙想明白了，四少这么着，算是给自己加了一道保险，真不灵验了，她也有说辞。

也不知道是真的白奶奶显灵还是四少有运气，反正不灵的时候少。四少的名气更响了，水涨船高的，给白奶奶的供奉更多了。四少虽然还住在那个出租屋里，但谁都知道，整个会武街，四少算是有钱的一个，兴许是最有钱的。

那会儿我考上了七中，沈阳最好的高中之一。我妈头发白了不少，常年干活，低头走路，背也驼了些。我带着录取通知书回家，告诉我妈，开学我就住校了，不然你再找个伴吧。我妈愣了一会儿，苦笑说，谁能看上我？你就少操我的心，好好念书，将来找个好工作，我后半辈子就指望你了。说实话，我挺怕听这话的，我不知道该怎样才能圆满了这份指望。我想想又说，要不请二姨三姨她们吃个饭？好久没见了。我妈脸冷下来，上上下下打量我，好像我说了什么大逆不道的话。我说我没别的意思，不管怎么说，她们也是你妹妹。我妈拧身回了屋，把门重重摔上。

没几天，我二姨还真来了一个电话，她说她离婚了，要搬回来住。那口气不是商量，是通知。我妈嚷着说不行，当初说好的，她们结婚出门，这房子就归她一个人。二姨说，是啊，没说不是啊，这不是又离婚了吗？不然你就当我没出过门。

二姨拿着行李回来,我妈和我都没在家,她找了开锁匠打开了门,直接住在我下铺。我妈回来,两人吵了半夜。我妈咬死了二姨就是回来占房子的。她去打听过了,二姨和姨夫都下岗了,儿子当兵回来要结婚,他两口子就琢磨住到会武街,把自己的房子给儿子当新房。怕我妈不同意,就谎称离婚,先派二姨回来安营扎寨。二姨夫到底是当过兵的,熟知兵法。

我妈说我二姨狼心狗肺,一辈子就知道算计别人。二姨也撕破脸,当初我妈要房子,是仗着所谓的养活了三个妹妹,可二姨压根没用她养活,和我妈一样上班赚钱养家糊口。这房子老三老四没份是应该,她和我妈就该一人一半!我妈气得直哆嗦,冲到厨房拿刀,要跟我二姨拼命。我死活抱着我妈不撒手。我说等我大学毕业了,挣钱买大房子给她。我妈把我甩到一边,眼珠子通红,冲着二姨就过去了。我只好跑到门口,拉开门喊救命。

山东庙派出所值班的警察来了,我妈坐在地上拍着大腿哭,二姨唾沫星子横飞,各说各的理。楼上楼下的邻居都惊动了,里三层外三层地围着看热闹。这事不难断,房子是之前姥姥姥爷留下的回迁房，户口本上虽然只有我妈的名，但姐妹几个确实都有继承权。警察说，要不你们再好好商量商量，到底是一家人。我妈差点撕破警察的嘴。

不知道谁把消息通知给了四少。四少站在警察后头，三两句听明白了家变的原因，她挤进来，我妈紧盯着她，像随时都要扑过去捕猎的猛兽。四少没管我妈，走到二姨跟前，掏出一串钥匙。

四少在大西菜行后头新建的小区买了一套商品房，一百平方米，刚装修好，二姨想自己住也行，让外甥结婚用也行，随便。四少手一松，钥匙准准地落在二姨的掌心里。二姨准备到嘴边的感恩戴德的话一个字都没来得及说，四少已经走了。

四少就这么在众人面前彰显了一把财大气粗，又带着一身羡慕诧异的目光走了。我脑海中回荡着一句话——挥一挥衣袖，不带走一片云彩。

这是四少的高光时刻，是我在高中三年无数次回想起来的画面。因为那天过后没多久，四少就被抓了。

7

四少是被人告了诈骗。一个来求夫妻和睦的大房前脚接到丈夫的离婚通知，后脚就去派出所报了四少的案。大房在多年斗小三的过程中，养成了录音拍照搜集证据的好习惯，于是警察基本不用太费劲取证。本来金额不大，又没有伤人害命，判不了几天，可正赶上上面要求整顿社会风气，四少这种职业边缘的首当其冲被划进整顿范围，情节不严重，影响很恶劣，判了劳动教养两年半。

表哥刚搬进新房就被赶了出来，警察上门贴封条，表哥的未婚妻单方面宣布分手。表哥颓了，二姨夫差点也要和二姨离婚。二姨抓了二姨夫满脸花。日子继续过。

二姨再怎么也没脸回来闹。倒是憋闷不住，去找三姨述说了一顿委屈。三姨在自家大房子里听着，连杯水都没倒，更别说招待二姨吃顿饭了。三姨现在活得不错，结婚后两口子一起念夜校拿了大学文凭，后来三姨夫又承包了厂里的门市，厂子倒闭，门市改成了公司，专门倒卖钢材。三姨不愁吃喝，日子过得风生水起。二姨想让表哥到三姨夫的公司上班，三姨没松口，当初她没念大学，后面吃的苦、走的弯路，她都还记着呢。二姨说看在一母同胞的分上，你总不能见死不救吧？那孩子在家不吃不喝的，眼看人都不行了。三姨拧身进了屋，拿出珍藏多年的红本子，"你对对，还有哪一笔我没还？"二姨灰溜溜地回到家，关上门，脸上流泪心里咒骂，以后就算死也不会再去求她们了。

我妈算是称心如愿，有几天脸上总是带着藏不住的笑。当初有多少人追捧四少，这会儿就有多少人鄙夷她，骂四少就是个骗子，只会装神弄鬼。倒是朱奶奶从没改口，她说这是因为有小人在跟四少斗法，别看四少暂时落了下风，将来一准儿翻盘。朱奶奶笃定的口气倒让不少人心里有些含糊，四少好歹也挂着仙家的名呢，不管灵不灵，得罪总是不好的。于是风言风语没几天便自动消散了。

其实我早就知道了四少和朱奶奶这件事的根底。四少有次喝多了，嘴上没把门的，都说漏了。

那会儿她常在外头晃，知道朱奶奶家的大孙子正在跟一个官二代抢女朋友。大孙子在家是孙子，在外头也是横着走的主儿，怎么肯败下阵去？早就放话出来要出手教训。

四少在不同的酒桌上听到好几次，所以才断定他必然出事。果然没几天，在某个狭路相逢的街边，两伙早有准备的人动起手来。

说到一周就化解，也是外头有人传话，官二代的爹因为儿子眼睛瞎了，怒上心头，扬言要动用一切关系报仇雪恨。正是整风的裉节上，消息传出去，早等在一边预谋要上位的有心人马上插手，匿名举报信直接寄到了有关部门。一查都是毛病，受贿啊，不作为啊，还有作风问题，火速双规了。再反过来查这个案子，上面的意思是必须严查，谨防有人仗势欺人，很快查出是官二代先动的手，朱奶奶的孙子算正当防卫，虽然有防卫过度的嫌疑，但被领导们定义为不畏强权的奋勇抵抗，追究肯定是不能追究的，就差给发个奖状了。

四少靠着街头传言成就了自己仙家的名声，她本就有心靠这个发家致富，现在更是一门心思决定走下去。这也不怪她，因为对她来说，这似乎是唯一一个能够出人头地的办法。

走下去就上了瘾，来钱快，得到的尊重又多。走到哪里再没人敢小看。四少有些时候都恍惚自己真的是仙儿了。

她甚至幻想远在南方的菜刀也听说了她的本事,跑回来找她。可惜这也只是她一个人的幻想。

那天我继续给四少倒酒,问她我爹死的那晚到底是怎么回事?四少似乎一下醒了酒,看着我,眼睛清清亮亮的。她说她那晚是故意的,就想闹腾一下,谁让我爸妈又商量撵走她呢。

"我挺后悔的。这件事,是我对不住你,对不住你妈。"

四少问我恨不恨她。我突然觉得四少有些可怜。可能从始到终,她只是一个想要得到一点关注一点爱的女子。可能从始到终,她就为了这点东西在挣扎。

我没回话,我又开始可怜我妈了。她们都可怜,包括二姨、三姨。她们有同样被强行切断的青春,有永远无法实现的理想和永远无法弥补的过往空洞,有为了活下去只能忍住的委屈。她们待彼此凉薄,因为都是过河的泥菩萨,保自己都费劲,哪有余力关照别人?我可能不够爱她们,但我心疼。

四少在马三家子改造的时候,我是唯一一个探访者。我借口周末要留在学校图书馆复习,找了一个整天的时间,换了三趟公交车,才去到市郊的劳改中心。这地方我头次来,心里自然有些忐忑。坐在会见室,左右是来探访的家属,都带着不少吃食,我看着自己拎来的半袋苹果就觉得寒酸。

四少出来的时候,我还是没忍住眼泪。四少瘦了,头发被剪成了统一的样式,劳改服晃里晃荡,脸上还带着瘀青。我想到曾经偷看过的电影,什么《监狱风云》《黑狱断肠曲》,脑海中都是四少被暴打凌辱的画面。四少倒笑了,她头一歪,示意我往旁边看。旁边是个凶蛮憨胖的女囚,脸上伤比四少重,头顶还被薅得露出一块头皮。四少说,惹我,想什么呢?

四少边吃着苹果边看着我说话,她现在挺好的,认了一个师父,跟着人家学本事,《易经》听过没?《推背图》知道吧?都是真本事。将来出去了,都用得着。四少压低声音,告诉我说,师父看了她的八字,说她有慧根。之前的事都是历练,必须得有这些劫,不然不成人。我蒙了,之前四少做出马仙,自己多少是不信的,光骗人不骗自己。现在不一样了,现在她连自己都骗。四少像是看出来我在想什么,无奈地摇摇头。

第二篇 四少

四少说你就好好念书吧，你能考出来，不过将来估计也没什么富贵日子。不怕，将来我帮你想办法。

我没再说什么，突然觉得我和四少生分了。她目光灼灼，执迷不悟，真的是另一个世界的人了。我说我要走了，要坐好久的车才能回到市里，以后有空我再来。四少没吭声，我俩都知道，可能我也不会再来了。四少就剩最后一个问题，她问，他回来了吗？我迟疑了一会儿，摇了摇头。

其实四少刚被抓进来，菜刀就回了会武街，带着新娘回来的。新娘是个南方姑娘，娇小玲珑的，笑的时候露出一颗虎牙，家里做汽车生意，到底有多少钱没人知道，但从一胳膊的金镯子上判断，不仅仅是小康了。

菜刀一家人都跟着风光了一把，连我那个同学也换上了一身名牌运动服。他们推着老爹的轮椅，牵着老娘的手，浩浩荡荡地去粤港酒家喝喜酒，邻居们没被邀请，只有眼馋的份。菜刀给街上所有孩子都发了糖，男人们一人得了一根红双喜。菜刀结结巴巴说转年他也要有孩子了，到时候再好好请客。菜刀说话太辛苦，每句话他都只起一个头，剩下的由新娘补充。菜刀得意地笑。

我远远地看着菜刀，他没有四少说的那么帅，在我看来俗气又狰狞,眼睛不大,一脸横肉,就算往厚道上说,也只是个普通人。我以为他会问问四少,我等着,他看见我了,但他到底也没走过来。我替四少委屈。

我不知道的是,菜刀其实早听说四少进去了,会武街没秘密,四少又算是街上闻人,自然不用通过我来打探,而且菜刀打算在回南方之前去看看四少。他谁也没告诉,新娘也不知道。

8

四少和菜刀的那次见面没有显露出任何一点不寻常。管教后来回忆,四少多少有些按捺不住的兴奋,一直照镜子,抿嘴笑。菜刀说的只言片语管教也都记得,大概意思是让四少安心改造,将来出去了,到南方去找他,他们一起闯天下。菜刀说你嫂子人不错,家里有钱,你们一定能成姐们儿。菜刀两句话说了小半个钟头,四少笑到最后,笑容就僵死在脸上了,然后又忽然回来了。四少笑着说:"别担心,我没事。我现在学本事呢,这一步是劫难,过了之后我还有十几年大运。

"回头我也好好给你看看,我觉得你应该也不错。否极泰来。最好就是你这张嘴,贵人语迟。

"看好你的小媳妇,南方人花花肠子多,小心她给你骗了。"四少笑着说着,全然不顾菜刀黑了脸。

"啥时候走?我去送送你啊。"四少笑到牙齿都酸了。

"×!"菜刀站起身走了。

四少是趁着外出劳动给太原街上的护栏重新刷漆的时候跑掉的。能出去干活的都是表现良好的轻犯,多少年的传统,从来没出过事。四少这一跑,管教都疯了,四少刑期不长,减刑后顶多再半年就可以出去了。怎么这么想不开?劳改所全员都在拼年底的评选,好几个人等着拿奖晋级,这一下都泡了汤。光咬牙切齿没用,人必须马上找回来,不然就不是丢了奖状这么简单了。

派出所的警察带着管教半夜砸开了我家的门,我妈睡眼惺忪,又瞬间清醒。不知道,没联系,不关心。我妈的表现让管教有些不满,好歹是亲妹妹,有这样的姐,怪不得会走上犯罪的路。我妈说,你们看不住人还怪上我了?我妈鲜少这么牙尖嘴利,管教本就焦心,听了这话脸更沉了。倒是派出所的警察知道我妈说的是实话,在爆发更多没必要的争吵前把管教拉走了。

我是第二天被老师叫到办公室的,我是探亲表上两个名字的其中之一。警察说,你别害怕。我说我不怕。警察说你知道什么就说什么。我说不知道。警察说她没来找你?我说没。我直视他们的目光,心里还有点兴奋。老师们比我还兴奋,一个个不好好备课,支棱着耳朵听。警察无奈了,半晌又问,你认识这个蔡宝明吗?你觉得你小姨有可能去找他吗?我这才知道菜刀去看了四少。我尽力掩饰着心里的震撼和满脑子被琼瑶搅出来的浪漫蓝图,我想四少和菜刀远走高飞,总好过她做那个活见鬼的出马仙。我快速回答,不知道,真不知道。

彼时,菜刀已经带着新娘回了南方。四少是真的想去找菜刀,可在火车站就被抓到了。被警察扣住的时候,她还攥着从黄牛手中连骗带抢得来的火车票。直到要搭乘的那班车已经开始检票,她仍坐在候车室一动不动。警察们为此纳闷,可我知道,四少是怕了,她跑出来时脑子里只想着菜刀说让她去找他的话,可到了车站,她突然意识到见着菜刀就免不得目睹他和妻子的恩爱。她怕会难过,宁愿远远地相信菜刀还惦记她，宁愿幻想菜刀心里一直有她，是为了生活才不得已娶别人。她太怕所有梦的泡沫一朝破碎。

四少乖乖和警察回去了。这次出逃像场梦游。现在梦醒了，心底空出一块。出逃的代价是加刑几年。四少自此认真改造，又学算六爻，批八字，开六十四卦，怎么看怎么都还有个未来。四少想要好好赚钱，多多赚钱，要比菜刀的新娘更有钱，她不跟菜刀在一起，但是她要菜刀在未来的某个时候，想起她，后悔。

9

我大二暑假，四少重获了自由。

四少回到了会武街，重打锣鼓另开张，在哪儿跌倒必须在哪儿爬起来。我妈现在也不生气了，就等着看四少再怎么把自己玩死。

四少拿出全部积蓄，租下了一间装修好的门面房，挂上了咨询顾问的招牌。邻居们冷眼旁观，无人上前。可开业那天，各种花篮争奇斗艳把门口塞得水泄不通。各路神头鬼脑的人开着豪车登门道贺，有人看见四少光贺喜的红包就收了整整一皮箱。老街坊们这才知道，四少在里头几年，不光改了毛病，还长了一身本事。没出来的时候四少就重拾旧业，开始给人看事儿，濒临破产的老板经四少点拨买了一只股票，转眼就翻身；得绝症的病人喝了四少发功加持过的水，转眼就痊愈。更别说帮小三上位，帮流氓脱罪，四少统统手到擒来。有人诧异，她怎么破了自己的规矩？懂行的人说，这叫有教无类，普度众生，四少的道行又深了。

其实都是没影的事，以讹传讹，始作俑者是四少自己。她编造了不少谎言，抓住了人们的欲望。她要成就自己。

短短两年，四少有了成熟女子的模样，顺滑的齐耳短发，合体的裙子和淡妆，眼里的生冷戾气消失不见，神色妥帖从容。四少看着保险箱里上了七位数的现金，知道自己已经准备好了。

四少推算吉日，跑了趟南方。在广州最好的馆子，菜刀请四少吃了顿海鲜。菜刀果然离了婚，但身边又有了一个新女友。女友年轻，看着不过二十出头，大波浪卷发，丰满水灵。这顿饭四少吃出了心灰意冷的感觉，但脸上尽力不动声色。到底是大人了,总有点不想让人看见的东西。菜刀忙着给女友剥虾。眼看女孩碟子里的虾肉渐渐堆成小山,四少招来服务员又加了一份。四少笑着说:"这顿必须我请,恭喜了。"

菜刀胖了,肚子上的肉颤颤巍巍,眼神里再没有年轻时的凌厉,只剩油腻和贪婪。说话依旧结结巴巴,从前透着血性,如今多是讨好。小女友偶尔忍不住面露嫌弃,又不好太明显,赶紧换上笑脸遮掩过去。菜刀浑似不觉,四少看着眼里多了一丝叹息,觉得他们长远不了。图什么,谁都知道。

菜刀本来安排四少多玩几天,还说要带她去澳门开开眼界。四少笑笑,哪有时间呢,晚上就得回。"你甭管我,我还有生意要谈呢,你好好陪着她,多让着点。"四少说完钻进车里,她觉得自己很体面。

回来之后四少眉目里的温柔不见了,静水流深,透着看破世情的冷意。她又瘦了些,开始穿精致套裙,很多人觉得四少漂亮了。

四少再度成为会武街之光。咨询室升级成文化公司,还配了秘书助理司机和学徒。天南海北的人都找来求四少帮忙。四少满天飞，海南，新疆，广西，大老板要迁坟，二奶要定肚子里孩子的八字，隐去名讳的官员想求健康长寿，四少有求必应。她随身携带着《周易》、八卦图、《黄帝内经》，只要给钱，她能通神。

四少把自己的时间塞满了，只是在忙碌的间歇，在某个灯火初上的路口，偶尔会有一个身影闪现眼前。她暗自叹息，咬紧牙关，人生还长，谁能断定不会峰回路转。

我妈老了，高血压，关节炎，心脏也不太好。从我拿到毕业证书的那一刻起，我妈就卸了一直吊着的那口气，她干不动了，下半辈子指望我了。我得马上工作，我得赚钱，我得学会面对学校外的人生课。亲人老病死，家中柴米油，每个月至少三千起，可我找不到符合这样条件的工作。沈阳的就业环境，大学毕业工资就是一千出头，难有例外。我妈说我严重眼高手低，我懒得辩驳，找了几份工作，机械重复，都干不长久。倒像印证了她的话。

其实我想出国，但开不了口。退而求其次，又想去当北漂——除了国外，唯有天子脚下才配承载我的梦想和目标收入。我妈掏出病情诊断书，摆在桌子上，我吃着排骨炖豆角，知道哪里也去不了。我继续在茫然和怨怼中过日子，越发觉得自己像只困在磨道里的驴，也许一辈子都走不出去了。

这会儿有点办法和门路的邻居都离开了会武街。回迁楼老了，旧了，我家也更残破了，墙皮脱落，地砖碎裂，老家具发出一股怪味，晚上能看见成群结队的蟑螂巡游。我失眠，往饮料瓶里装酒，趁我妈睡着后坐在阳台上喝，看时明时暗的月亮。

我想到四少之前的论断，想到她说会帮我想办法，忽然迷信起来，希望她真的能兑现承诺。

四少的办公室里有价格几千的杯子，几万一只的花瓶，我不紧不慢地喝着茶，看熟悉又陌生的四少。四少问我会做什么，我想说我会一切你不会的东西，但开口说的是会英语，会用电脑，会整理文件。四少点点头，表情却有些不屑："这些大学生都会，你得会点不一样的，不然为什么给你开工资？你说你到底能干什么？"

我心中别扭。她如今高高在上，颐指气使，可这算什么呢？她难道忘了多年之前巴着我问他回来了没，和我谈心事的情谊？我妈说得对，四少就是个没人心的，六亲不认。

四少看着我笑，是皮笑肉不笑的那种笑法。她说我为什么要认呢？老李家四个丫头，一直都是各人顾各人的活法。我知道四少恨着我妈，恨着二姨三姨。她在里头这么多年，她们一面没露。好歹她还给过二姨一套房，虽然后来没住成，但情分不应该抹干净吧？有什么用？四少觉得三个姐姐也都是没良心没人心的。四少有些咬牙切齿了。我想她是把对菜刀的怨都移加在别人身上了。这点跟我妈如出一辙。她们再不愿意承认，根上还都是一样的。我妈念我爸，四少舍不得恨菜刀。

我盯住她，把应该藏在肚子里的刻薄说出口："你现在还联系他吗？"

四少沉下脸："跟你有关系吗？管好你自己，这么大人了，还不能养活自己。"

从四少公司出来，夜里的街道清冷冰凉，路灯明明暗暗。我抽了自己一嘴巴，一千多怎么了？从低做起，也好过自己去找没脸。四少一个初中毕业的混混，都能白手起家，我好歹也是正经大学生，不怕熬不出头。总有一天，我要让四少知道，我到底能干吗！

带着卧薪尝胆死地后生的决绝,我最终入职了一家不大的公司,被安排做本地DM杂志的文案,没想到第一个任务就是给四少做专访。我欲哭无泪,欲笑无语。因为别人口中的四少是出色的咨询师、风水学家、养生专家,公司要用两个版面的人物专访,来置换她给董事长新请的菩萨主持开光仪式。我很想转身走人,念了这么多年的书简直念到了狗肚子里,真是丢人丢到姥姥家了,但我不能走,得赚这一个月一千多块的薪水,给我妈买药。

好在四少并没有机会为难我,她甚至都不知道要来采访的是我。她已为一个马上开工的项目飞去新疆,作为被邀请的顾问团中的一员,出这趟差,据说红包有二十万,还不算来回的头等舱,住的"五星级",吃的山珍海味。

接待我的是四少的助理,一个年轻帅气的男孩,一脸傲气慵懒,两条大长腿,隔着T恤能看到胸肌轮廓。他递给我两张打印出来的纸,告诉我照这个发就行。男孩说完就开始玩游戏,乒乒乓乓,刀光剑影。我接过,礼貌告退。大长腿一动不动。

我不怀好意地猜测起四少和男孩的关系,原本带着鄙夷和批判,但最后内心居然涌起些羡慕。我羡慕四少,羡慕她交游广阔，羡慕她能轻松切断所有不愿留下的牵扯。就算是捞偏门，她这也算跌倒再爬起，让自己活成了别人羡慕的样子，自由自在，野蛮生长。

10

我浑浑噩噩又野心勃勃，梦想一败涂地，只剩下些不甘心，继续和现实拔河。因此年纪不大就有了东北人愤世嫉俗喝酒吹牛的毛病，不然那些愤怒和不甘无处排遣会变成病。

我开始频繁换工作，文案策划秘书业务经理，没头苍蝇一样一边碰壁一边找出路，酒量也越来越好。我妈每次骂我都会血压飙升，我说我是为了自己吗？不喝酒怎么维系客户？我妈被我说得哑口无言，沉默半晌道，要是你爸还活着……"够了你，要是，要是，要是你们有点本事，也不用我这么累。"说完我就蒙头大睡，昏天暗地。

我从未刻意去留意有关四少的消息，但会武街能有多大呢。那些留守下来的街坊茶余饭后总要有话题来消遣。四少是名人，活该受瞩目。

他们说四少在河畔花园买了一栋别墅，也有说那是某个老板送给四少的谢礼。

他们说四少要结婚了，新郎小她十几岁。又一个有胸肌的大长腿。

他们说四少道行深浅不好评论，但有本事是真的。

我低着头从他们中间走过，活像十年前我妈的样子。我假装充耳不闻，把全部心思放到晚上烧什么菜上。我妈的血压又高了，医生说要注意饮食，要均衡营养。我想要不我也谈个恋爱，找个好人家的小伙，"嫁祸于人"。明天要去拜访一个老总，我穿哪件衣服呢？

他们说四少又被抓了，这次是重伤别人，估计还要重判。

我站住了，惊讶地看着他们。他们也齐刷刷看着我，个个眼里冒着兴奋的贼光。老李家在会武街就是这么有人缘。

我跑去派出所打听，警察还是几年前到过我家的那个，他也老了，快退休了，慈眉善目的。他说案件还在调查中，四少羁押在看守所。他说我认识你姥爷，好人啊。我小时候还跟你妈是同学呢，同级不同班。他说你好好过，你们家不容易。

回到家,我妈看着我,电话响了,二姨来问。电话又响了,三姨来问。她们说,怎么搞成这样?我不知该如何回答。我妈从床头柜里掏出一张存折,递给我:"就这些了,看她自己的命。"我没接,有些事不是钱能解决的。我妈有些生气,但掩不住地眼眶发红。

我带了半袋苹果去看四少。她坐在我对面,脸上波澜不惊,头发有点长了,参差不齐,露出根上的白。她盯着自己的掌纹,又捏捏手指关节。她说这是她的命,有这一劫,她早就知道。她说,你能不能帮我找本看骨相的书,我还得好好学学。

我还是问出了那句最俗套的,为什么?

四少沉默了一会儿,忽然露出笑容,坦然的笑容。

不出我所料,这一切都是为了菜刀。这不奇怪。我早知道,那些来来去去的大长腿根本就是幌子,是四少给自己造的海市蜃楼。幻象后头,拨云见日,她心里从来只有一个人。

菜刀回来了,因为和九哥几个走私被抓。菜刀的第三个老婆早就盘算离婚,这下省事了。四少却在听说后的第一时间开始找门路捞人,她去看菜刀,说,你放心,我有办法。菜刀摇头,四少抓起菜刀的手,手心里面那道疤淡了,但还在。四少说,你等着,我一定能想到办法。

四少真的以为她可以。她认识那么多有头有脸的人,和他们都有交情。她还有钱,有房子,交情摞着真金白银,不信救不出菜刀。还真有人答应帮忙,不过表示这案子情节恶劣,牵涉众多,不好办。四少懂,手里的钱拼拼凑凑,把房子卖了,只要菜刀一天不判,她就源源不断地上钱。四少打六爻,看卦象,看出结局不算好,但也不是极糟。她做了最坏的打算,比如菜刀判个十年,她想那她就等十年。她欠菜刀一条命呢,可不得用一辈子来还?

四少独独忘了算,她找来帮忙的人到底是什么货色。钱搬空了,菜刀判了死刑,毕竟他身上可是挂着人命案。四少怒了,冲去找收钱办事的骗子算账,她不要钱,她要那人给菜刀偿命。戾气灭顶,她抓着水果刀扎进那人的肚子,肝破了,人没死,算是严重伤害。

四少说,至少十年。

我想问她值得吗?就为了那么一个从来没把她放在心上的男人?四少好半天才说,值。没有菜刀,她活不成今天的样子。

四少说她从小就知道自己不受待见，听到姥姥说不如把你送人的时候，她整个人瞬间被抽空了，才多大点呢，连委屈两个字都说不出口，就被委屈打碎了。她太想有人对她好了，也就受不得真来的那一丝半点的好。菜刀帮她扛住刀的那一刻，她才知道这世上居然有人愿意为她死。所以，她这一辈子都可以为了那一刻活着。

为了那一刻，她可以等，可以去努力赚钱，也可以转身离开，更可以赴汤蹈火。

她不求菜刀爱她，真爱了反倒没劲了，说不定早就相看两厌一拍两散，老死不相往来。这些年看的怨偶还少吗？她是把菜刀种在心里，当救命绳，每次想要放弃，坠落下去的时候，她能拽自己一把，留住这点温暖。四少从没告诉过他这些心意，菜刀不需要知道，所以他也就真不明白，四少做了这么多，到底图什么。

四少图的就是个念想。她真的不后悔。在那一刻之前，她心里空落落的，活着没滋味，跟谁都敢拼命。那一刻之后，她才知道什么是活着。真的活着，就是心里有个能惦记的人，惦记一辈子，牵挂一辈子，伤心也好，失望也好，心里总是满的。

四少被判十年。菜刀上诉，改判死缓。我想，十年后，四少还会继续等菜刀，还会咬死牙根再翻身。她说她和菜刀的缘没断呢。这是她为自己掐算的天命。天命不可违。

四少叫李良琴，是我小姨，她做过很多错事，但我不讨厌她。我说，我还会来看你的。四少扬一扬头："有这工夫好好琢磨自己的日子吧，老大不小了，以后就这么混下去？"

从看守所回来的路上，我想我应该辞职了，得好好想想以后该怎么活。比如好好孝顺我妈，她也是我的念想。有念想在，人就有力气去扑、去奔。这是四少让我明白的，我很感激她。

第三篇　言书娇

1

沈阳冬天最冷的时候能到零下二十五度,半夜十二点,言书娇站在空无一人的会武街口,裹着一身棉睡衣,顶着北风,喊出了一句穿透临街所有玻璃窗的话:"老娘不离婚!"一嗓子露了底,原来再怎么折腾,她骨子里还是那个在五爱市场站柜台跟人掐腰吵架的姑娘,那姑娘吵架从没输过。没这个功底,调门儿没这么高,旁人也听不见。

焦义黑着脸追上来,拽着言书娇的胳膊往家抻。言书娇像是得了势,也像被谁附了身,硬挣着往地上坐,把焦义挣了一个趔趄,差点扑在她身上。索性松开手,想走,也知道没法走,背过身去看暗处。暗处极黑,适合杀人越货。可惜现在没贼人,焦义居然为此颇觉惋惜。不是盼着出事,只是想逃离眼前的女人。

"我不离婚!凭啥离婚?我是做了错事,可我是为了什么?"言书娇坐在地上撒泼,手拍着柏油路面,石头子硌疼了手掌心。"为了这个家!为了你!"

焦义还是不转身,不用看也知道言书娇当是涕泪横流五官狰狞。他当初怎么会一时头晕娶了她?所有人都说不般配,所有人都没能让他悬崖勒马。现在算自食其果。不冤。

"一个破所长有什么了不起,几品大员啊?大不了咱们不干了,我又不是养不起你。"言书娇说着从地上爬了起来,终还是将脸怼在了焦义眼前,"我不离婚!除非我死了!"她从牙缝里挤出最后一句话,大义凛然,转身,迈步,走出了要上刑场的决绝。

焦义说:"明天九点,民政局门口,我等你。"他的声音在北风里打着转,冰冷梆硬,转到言书娇头顶成了雷,劈下来,把活人的魂儿都给劈掉了。

毕竟夫妻一场,怎么一点恩情感情交情都不讲?对旁人都不曾如此决绝。活人剩了个空壳,心里风呼呼地刮,怎么就一剪刀捅过去,这剪刀什么时候塞进衣兜的?怎么看见焦义捂着肚子蹲下,他脸上还挂上了笑?不知道,都不知道。

也不知道楼上谁家扒着窗户看热闹的报了警,警察来的时候,言书娇手里还握着那把剪刀呢。

剪刀上沾着鱼鳞,刀尖上有血,谁都看得清清楚楚。

2

山东庙派出所头年刚迁了新房,两层小楼,贴着亮白的瓷砖,在暗夜里明晃晃地刺痛人眼。从被带回来,言书娇打定主意一言不发,她目光涣散,脸色惨白,衣服上沾着土灰,不时发出一声似鬼的冷笑或长叹。所有当值的警察都进来晃了一圈,都是老熟人,都带着迫不得已的尴尬,都问了差不多的问题,然后在言书娇的笑声中走出去。他们告诉值班副所长,一个字,难。

当然难,难就难在焦义还在医院急诊室,也没个确定的话传过来,都知道他要离婚,斩钉截铁恩断义绝的那种,所以到底是按一般夫妻争执论,还是按恶意伤人办,个中尺度没办法掌握。副所长也叹气，那就等吧，等天亮，等焦义回来，等当事人给一个结论。哪知道这边刚定下拖字诀，言书娇忽然开始嘶吼吵闹狂骂，焦义你个王八蛋，老娘不嫌弃你，愿意跟你过苦日子，你还想甩了我，你良心让狗吃了！骂九哥，挨枪子的破烂货，自己作死还不够，连累我们，缺了大德，下辈子当畜生！骂公婆，老不死的狗嘴不吐象牙，别人家爹妈盼着儿孙满堂，只有你们成天盼着我家破人亡，我宁可死也不会顺了你们的心！骂大姑姐，嫁不出去的老姑娘，臭在家里没人要，倒贴都没人要，眼气别人好夫妻，脏心烂肺，一辈子守活寡！骂够了，开始砸桌子摔椅子，闹出了从没有的天大动静和不绝于耳的污秽。

　　副所长拍脑门转圈："妈的，太不像话了！太不像话了。"换别人，直接上铐子，一百个办法让他们闭嘴老实，可想想，还是只能叹气，因为毕竟不是别人。叹了一半，福至心灵，想起了救兵。一个电话连求带哄奉送人情无数，才把休产假的教导员谭小平从家里急调过来。

　　谭小平三十大几了才结婚，快四十了才生小孩，正是母爱泛滥时，片刻不能分的那种。半个小时后，副所长怀里多了一个哇哇哭的婴儿。孩子爸是市局的法医，三婚，前头两个孩子分别跟了两个前妻，对这第三个也就可有可无，今天值夜班去了。

谭小平坐在了言书娇面前。

谭小平本就长了一张瓦刀脸，因为气恼又长了几分，极瘦，连月子大补也催不出一点丰腴来。手搭在桌上，瘦骨棱棱，硌人眼。声音倒是润滑，像水珠一样流出来："弟妹，你这是何必呢？"

言书娇用力拍打着桌面，砰砰乱响，毫无节奏。谭小平想到了两个字，绝望。只有绝望的毫无去路的人才会如此癫狂。她多少有些同情了。同情，不代表理解。谭小平想，不就是离婚吗？至于吗？之前十几二十年，还有人说离婚是赶时髦，现在新时代，离婚已经是常态，好合好散好找下家，怎么还用了剪刀？难不成真是爱？谭小平不信，估计旁人也都不信。言书娇这样的女人，除了自己，还会爱谁呢。所以一下没忍住，谭小平说："既然你也不想离婚，想继续过，为什么要收那些好处费，你不知道会害了焦所？"

谭小平想说却没说的，言书娇听明白了，不过是六个字，自作孽，不可活。她便继续冷笑，谭小平也听明白了，这笑里毫无悔改的意思，不过是说她做的事她认，她不需要跟不相干的人解释。还有，她绝不离婚。

其实这笑里还有一层谭小平看明白却要装不明白的意思，是"我才不给你腾地儿呢"。

当年焦义刚从刑警队调到所里来，虽然办砸了一个案子，顶着说法不明的处分，但眉目依旧舒展，身形还是笔挺，谭小平动了些心思。要说她也不差，警校毕业，父母都是中学教师，家里两处房，就是年纪大了点，长三岁，可好在还有句"女大三，抱金砖"的俗话垫底，说得过去。想明白了，行动上就有了显露，倒茶、带饭、送水果。焦义偶尔说句不好笑的笑话，满屋子只有她笑出了六颗牙。暗示了一个月，焦义没反应。于是转弯抹角托人去提，捅破窗户纸。焦义回了话，现在只考虑工作，不作他想。谭小平明白这是没看中自己，还是有点不肯死心，想做最后一搏，私下在值班表上做了手脚，情人节的晚上和焦义一起值班。都是警察，个个心明眼亮，同事很快散出去，偌大所里只剩他们两个。焦义许是明白了，谭小平心里鼓点打起来。事先准备好的晚餐在桌面上，锅包肉、麻辣鱼、西红柿炒鸡蛋，该说的话滚到唇边，还没等动筷开口，言书娇带着朋友来报案，朋友在彩电塔夜市被人用刀片划了屁股，她想追人没追到，让那个王八蛋跑了。言书娇气喘吁吁眼角带泪，吃光了一整盒锅包肉。焦义让她吃的，怕她客套，还特意往她跟前挪了三次，见她吃到打饱嗝，嘴角一牵，笑了。谭小平自此知道自己没戏。

后来焦义娶了言书娇，又过了几年谭小平嫁了人。可曾经做过的事儿掩盖不过去，特别是在两人各自成家后，所有当年看出过眉目的人都喜欢把那段未遂情事拿出来调侃。这本没什么，心里清白，不怕人笑。只是后来传到了言书娇耳朵里，没的让她多了一层念头。转到今儿，言书娇非要往不清白上琢磨，谁也没办法。

谭小平的谈话无法进行下去，再多说一句都会成为往自己身上泼的脏水。走也不成，到底是职责所在。幸好孩子的哭泣声穿墙破屋，及时在她心尖上降落。她猛地站起来，转身就往门外跑，浑不顾身后言书娇脸上都快凝固成壳的讥讽冷笑。副所长也无奈，好在言书娇没有继续吵闹下去，不算全胜也算和局，那就等焦所最终的意见吧，毕竟是夫妻两个之间的事。他们都作如此想。

言书娇独自在审讯室里想的是,她一直以为命运掌握在自己手中,却没想到,能决定她未来生活走向的,早已是他人。凭什么呢?一路走到现在不容易,凭什么认输?

3

越是眼下走投无路,当年越是历历在目。

言书娇永远承认,是她追的焦义。这不丢人。那会儿她还在五爱市场给人当服务员,天天早上三点就要上行,穿上打版的衣服,站在档口外头当模特招揽生意,嘴上不拾闲地念叨"最新款,里头看,能调能换",间或还要跟着老板娘去追货的档口吵架打架,把人家的衣服从架子上拽下来往地上扔,也拦不住人家的拳头巴掌落在自家身上;若是一眼没照顾到,老板娘挨了一下,转回头就找点碴儿让她的工资少一块。也委屈,可没一点法子。

熬到下午两点下行,刚各为其主吵过打过的姑娘们瞬间忘了仇怨,约着一起去吃麻辣烫,吃四季面条,吃鸡架,顺便骂骂各自的东家。赶上哪个档口的老板生意好,心情好,带着大家一起去西塔吃烤牛肉。不光自己吃,总要叫上几个工商税务的哥们儿。老板对客人凶，对服务员也鲜少好脸色，据说对自家人也是摔筷子砸碗，可偏偏对那几个哥们儿笑容满面。那几个眼皮都不抬，把老板当成小伙计，一会儿说肉不新鲜，一会儿说酒上得慢。老板颠儿颠儿跑来跑去催菜传菜。言书娇开始还懵懂，有醒事儿的姐们偷偷说，还不是看重人家一身皮。一句话打通了言书娇的天灵盖，她本来以为老板最牛，是谈恋爱找对象的标准，现在才知道人外有人。言书娇赶紧给身边的税务干部倒酒夹肉递餐巾纸，一顿饭下来，肚子没填饱，多了一个干爹。干爹趁着高兴，告诉言书娇两件事，第一得上夜校混文凭，第二找个有稳定工作的男朋友——在吃青春饭的同时，搞定自己的下半生。言书娇眼珠一转，明白了，文凭可以先混下来，混出了文凭才有希望实现第二条。

拿到夜大文凭那天，她为了庆祝，找姐妹在彩电塔夜市吃大排档，紧跟着遇见了坏人，认识了焦义。老天爷把每一步都安排得妥妥当当。她听说那人不是第一次作案，专门在人群拥挤的地方用刀片划女孩屁股，划完就跑，很是让警察头疼。言书娇不想焦义头疼，自告奋勇当诱饵。说完又后悔，怕钓上来鱼，刀片深一寸，大小是个伤害；

又怕钓不到鱼，这鱼是焦义。说白了，言书娇当鱼饵，就是想钓焦义。虽然两人刚认识，但言书娇从那盒锅包肉看出来，焦义还单身，并且对瓦刀脸没兴趣。

言书娇觉得焦义就是她要找的人，年岁合适，工作稳定，不算帅，但穿着警服不怒自威，自然越看越顺眼。言书娇觉得她混了好几年才拿到文凭，就是为了他。

后面的事简直可以用天公作美来形容。言书娇换上黑裙，散开头发，踩上高跟鞋在夜市里扭来扭去，焦义穿着便装跟在身后或五步或十步，只用了三天，就把坏人绳之以法。为了感谢言书娇，焦义提出请客，言书娇自然不会推辞。言书娇吃了一顿酸菜海鲜火锅，又说要请焦义看电影。也不是说约会，只是天色有点晚了，怕一个人不安全。那电影叫《阳光灿烂的日子》，人人都说好。话说到这份上，焦义推辞不得。

电影院黑漆漆，言书娇看见宁静在银幕上扭着屁股走路，焦义也看见了，两人同时想到言书娇在夜市的灯火下也走出了这样的步态，虽然不如宁静风情万种。可宁静再好也隔着镜头呢，镜花水月。言书娇虽然没那么好，但看得见摸得着。焦义露出一丝笑纹，言书娇顺势钩住了焦义的手指头。

　　第二天言书娇没上行，睡到了日上三竿，醒来好好洗了一个头发，化了一个妆，提着两盒茶叶推开了干爹办公室的门，报喜，双喜，不过还要干爹再添把火，帮她找个体面点的工作。干爹有十几个干女儿，给出了十几份一模一样的人生建议，唯一当真执行并有成果的只有言书娇。他当下抓起电话，在三好街给言书娇找了一个电脑公司前台的职位。

4

　　好事到了这一步怎么也该有个坎儿了，言书娇小心翼翼地等着，只要不影响她和焦义的关系，什么事儿都能扛得住。可世上还有一句话叫怕啥来啥，言书娇的前男友找上门了。

　　前男友叫李响，和言书娇同村，大五岁，早就来了沈阳，开始跟着人干装修，后来嫌太苦，就托人进了城管队帮忙，工资低，没编制，但是老虎衙门，每天跟着车出去，见到小商小贩耀武扬威。李响最喜欢掀摊子，喜欢看人跪在地上求自己手下留情。他回来跟言书娇说，这才叫做人。言书娇回两个字，缺德。那些摆摊子的不是下岗工人就是农村人，为了混口饭吃，何必呢？李响一边揉搓言书娇的手一边说："我还不是为了你。"按照李响的说法，他下手越狠，越有机会转正，到时候就能和言书娇结婚。言书娇把手抽出来，白眼翻一个，冷笑："你小心人家报复。""他们敢！"李响把言书娇的身子扳进怀里，"真动手，我是正当执法，他们是啥？"言书娇没吭声，再过了半个月，和李响提出分手。理由是性格不合适。李响本也觉得烦了，家里又给他介绍了一个姑娘，正好就坡下驴，说好以后还是朋友，好合好散。

这已经是两年前的事了。两年时间，他们没见面也没联系，言书娇都快忘了这个人。谁知道他忽然就找上了门。

李响说得理所当然："你得帮我。"

李响还在给城管队帮忙，这次遇到了一个反抗的。铁西大厂下岗的车工，在街边卖烤羊肉串。李响踢摊子骂娘，把车工递来的烟和好话都打飞。车工火了，抄起铁扦子就冲过来，可惜脚下不稳，没扎到李响，自己摔倒了。李响火大了，顺手抓起车工散落在地上的扦子捅了过去。车工重伤。

"他住会武街,归山东庙派出所管,让你对象帮我说说,赔钱,可别太多。"

言书娇全明白了,本来他们这些帮忙的都是临时工,干活的时候要他们冲锋陷阵,出事了城管队不负责。李响闹出这么大的麻烦,车工和家属不依不饶,说了,要么给五万块,要么让李响坐牢。

"你要是觉得不好开口,我去找他……"李响凑到跟前,盯着言书娇,"我跟他说。咱俩之间的事儿,他还不知道吧。"

这就是赤裸裸的威胁了。她曾经怀过李响的孩子,刚在一起,两人都没经验,不知道怎么就怀上了,当然不能让焦义知道。

言书娇辗转反侧了一夜,烙饼一样把心里的荒草烧成灰,第二天背着焦义去了派出所,找到负责这起案件的警察。说是娘家哥哥的事儿,说焦义不好意思出面。说得言辞恳切眼神闪烁。都懂。苦主也懂,价钱让到了三万。言书娇告诉李响,从今以后再别出现。李响点点头:"这三万你得帮我……"

言书娇这些年打工赚钱，贴补家里，上学花销，全部积蓄还不到一万。闷着头想了半天，不得已回了家。家里盖了新房，两个哥哥都娶了妻，屋里也有彩电冰箱地板砖。言书娇说借，给利息。爹妈哥哥嫂子六张嘴一起嘬牙花子。

"没钱。一分都没有。还指望你帮衬呢。"

"老的小的，一屋子人，你当咱们在家里日子好过？"

"人家姑娘可都是往娘家拿，没见过这样的。"俩嫂子头凑在一处咬耳朵，偏还能让所有人都听见。

言书娇没吭声，走之前砸碎了电视机，这是她的钱。砸碎了玻璃窗，这也是她的钱。俩嫂子上来拦，她拼死抓了俩人两脸血——她俩的聘礼，里头都有她的钱。俩哥哥冲上来，一人给了言书娇一个耳光。

"我今天走，你们就当我死了。"言书娇背过身流泪。可说的和听的都知道，这话不作数。什么叫亲人，就是伤你到骨子里，你还没办法恩断义绝。

可事情还要办，李响干脆住进了言书娇的出租屋，扬言不给钱他就去找焦义。言书娇只能又去找了干爹。这次还是报喜，马上就要结婚了，请干爹一定坐在台上给她撑腰，给她见证。干爹一口答应。言书娇松口气，接着红了眼眶，不想让婆家人瞧不起，可真拿不出什么像样的嫁妆。干爹没吭声。言书娇索性说出口，借钱，两万，欠条已经写好了，一定还。干爹收下欠条，没给钱，给了言书娇一张酒店房卡。

看吧，好事总多磨。老天爷才不会让一个凡人太顺心。好在有惊无险，言书娇在半年后终于成了焦义的老婆。洞房的时候言书娇流了泪，她用手指头抠着焦义赤裸的后背，心里翻来覆去一句话："你知道，为了今天，我吃了多少苦？"那会儿她就暗暗发誓，这么不容易得到的一切，她就算死也不能失去。

5

天还黑着，冬夜漫长，言书娇觉出了冷，更担心焦义的伤。那把剪刀是厨房用来收拾鱼的，言书娇知道焦义最喜欢吃麻辣鱼，也知道他因为九哥他们的案子牵扯，心情不好，特意跑去菜市场选了鲜活的，一来为犒劳，二来也是道歉。毕竟是她瞒着焦义留下了金条和首饰，才惹下这个麻烦。可不留下怎么办？当时留有留的理由，现在交也交得不得已。人啊，都没有前后眼，也就不用说"想当初"的废话。谁知道焦义回来就两个字，离婚。言书娇慌了神，病急乱投医，闹着要找人评理，把家丑都扬出去，说完顺手把剪刀塞进衣兜，抬腿就往外跑。才有了后来那一幕。

她真不是犯浑，只是觉得自己太委屈。

三年前言书娇在十三纬路上找了一个门脸儿，开了一家美容院。开业前特意找四少去看了风水，四少拿着罗盘走了一圈，指点说要在门口放一个水缸，养两条金鱼，一定财源广进。言书娇照做了。鱼养得不错，摇头摆尾游来游去，可惜生意没见好。卖出去的卡不如送出去的多。干爹的关系户，所里转弯抹角的亲戚朋友，九哥的客人，哪个都不好得罪，都要着意伺候，反倒把真正花钱的怠慢了。于是恶性循环，越做越糟糕。

焦义当初就不同意她干买卖，她拍着胸脯说一定遵纪守法，一定发家致富。现在搞到要用家里的钱来贴补，自然也不敢让焦义知道。眼看着家里积蓄见了底儿，有人给她出主意，不如接点双眼皮的手术来做，私下找个医生，弄一间手术室，成本低见效快。言书娇再糊涂也知道美容院和医院到底是有区别的，犹豫了好一阵子，直到焦义无意中提起想在过年的时候带着全家去趟三亚。言书娇想起存折上快归零的数字眼皮跳了一下，谎言总有被拆穿的一天，可总要尽力弥补一下。于是脸上绽放了笑容："爸妈都退休了，应该的。"

第二天开始，美容院有了新项目，双眼皮能做，隆鼻也可以。后来干脆隆胸吸脂都上马。言书娇一边暗叹扭亏为盈太过容易，一边开始抓紧托关系办证，托的是九哥，想尽早过到明路上来，省得东窗事发。可惜她还是晚了一步，九哥那边手续还没走完，一个对双眼皮不满意的客户就嚷着要举报。能嚷，说明还有谈的余地。谈到最后，无非就是要钱，一百万。

言书娇对着九哥怪笑："把我和店都卖了，也不值这个数。"

跟九哥说，是因为九哥人脉广，七拐八拐就能搭上关系。九哥当然义不容辞，转天就回了话，人找到了，不过有难度。九哥对着言书娇苦笑："人家说了，三天见不到钱就报警。"言书娇一头冷汗，眼神里写着两个字：救命。九哥半晌没开口，过会儿说："钱我没有，可是有人有，不过也需要你帮一个忙。"

一百万的忙，四个字，保外就医。言书娇紧着摇头，不是不帮，是帮不上，焦义不过是个小所长，扯不出大旗也当不了虎皮。

"那边要是告你非法行医，非法经营，不光要赔钱，也要坐牢。"九哥叹气，"我可是为了你好。你要是出事了，说句不好听的，谁会心疼你？

"你是没经历过这种事，觉得难。对你家公公来说，小事一件。

"他会管你的。不然你出了事，焦所的前途就毁了。你不是为自己，是为了家。"

言书娇晕头涨脑跪在公爹面前，眼泪掉了一地，心里跟猫抓一样又酸又疼。公爹向来不喜她，婆婆、大姑姐也都看不上她。结婚这些年，她鲜少看见他们的笑脸。怪，但不恨。因为知道自己配不上焦义，也知道自己没能生养个一男半女，总归是自己的短处。幸好一家子公职，没办法闹离婚。只能隐忍着。

言书娇跪了半个钟头，才把九哥教的话吐出口："爸，你当是救救焦义。我以后保证做牛做马伺候你们。"

"今天我当没见过你，没听过这件事。"公爹像是在看落在脚面上的苍蝇,"以后也没这件事。你走吧。"

直到后来一切都平息了,言书娇偶尔想起,才觉得被人算计了,怎么就这么巧,有人闹事,有人帮忙,有人需要帮忙。一百万是个数字,到底有没有这么一堆小山样的钱,言书娇没见过,估计谁都没见过。

连环套里头,她牵扯进了焦家父子,也把自己绑上了九哥这条船。天下的谎言很多,"下不为例"就是其中之一。有些事情开了头,一定会接二连三。

恨九哥,恨到牙痒痒。可九哥说:"傻妹子,我是在帮你。你不想想,你家焦所以后升官发财,会跟你一心一意?没孩子,没保障。你难道不担心?你现在手里拿的是什么,是他的把柄,也是你跟他过一辈子的保障。就算过几年你变了心,不想过了,这钱也能让你一辈子不愁。

"我怎么可能害你,我眼看着你一步步走到今天,我知道你多么不容易。"

承认九哥说的是实话,可是不耽误恨。知道不容易还下手段,更证明了他狼心狗肺。言书娇想,算计吧,不一定哪天就把自己算计进去。

没孩子是言书娇的痛脚,去医院查过好几次,两人明明都没问题，可偏偏就是没有。只能说造化弄人。兴许也是时机未到。早晚让那些看笑话的小人闭上嘴。言书娇乱纷纷地想。

九哥又说了："想那么多干吗，人生苦短，及时行乐。是吧，我的傻妹妹。"

这次言书娇没上当，九哥电话找来的身份不明的男孩都被她赶得远远的。她跟着一起弄黑钱是一回事，沾染上男女乱七八糟的事是另一回事。弄钱可以说是为了焦义，为了家，为了将来，若是有了另一回事，恐怕焦义这辈子也不会原谅她。

后来言书娇又去跪了公爹几次，没得好脸。后来干脆坐着说话，无非强调是为了家，为了焦义。最后连这些话都没有了，大皮包里有钱有卡有金条。公爹不要，她都收好了，等着将来，全都花在焦义身上，也算是不亏心。忐忑过，可九哥说，现在这社会就这样，你不拿也有别人拿；你拿了，帮了忙，落了人情还有好处，何乐不为？言书娇觉得九哥说得没错，渐渐心安理得。

不知道是不是因为这些跪，身体向来强壮的公爹忽然在一次外出散步时候突发心梗，没来得及送到医院人就断了气。言书娇自知有罪,在灵堂哭得几近晕厥,换来了孝顺好儿媳的赞誉。无人处,她擦了眼泪,听见心里有块石头落了地。

后来九哥很少找她。再后来焦义发现她收了钱,但不知道这些钱从何而来,严令她必须上缴。她交出了大部分,剩下的偷偷藏起来。应了九哥那句话,若是想跟焦义一辈子,就要手里攥实一个把柄。

不是她非要留心眼,可是……爱。

6

一定是爱的。不然不会在翻到焦义衣兜里那张电影票时,心上漏了一个空洞。焦义不爱看电影,那年的"阳光灿烂"后再没和她进过电影院。若说是办案也太过牵强,已经不是非要到电影院接头的年代了。再不愿意承认,也只剩一种可能,约会。不会是新人,焦义这些年一心扑在旧案上,对其他任何都兴趣缺缺。所以,也只剩了一种可能,旧人回归。

言书娇知道焦义有段过去,焦义从没提起,可她这些年从公婆大姑姐家上亲戚朋友口中拼凑出来了大概。女方是焦义的高中同学,毕业后焦义考了公安大学,女孩念了医科大学。毕业后便恋爱,说好等女孩留学回来就结婚。谁知道焦义姑父出了事,焦义被发配到派出所,而女孩考上了博士。正需要软语温存的焦义,等来了推迟婚礼的消息,心高气傲加上满腹悲苦,愤然提出分手。女孩在电话里哭求,换来冷冰冰一句:不是同路人。女孩放下电话,潜心学业,据说一直单身。焦义就此也对感情灰了心,才便宜了言书娇。就因为言书娇看起来没啥野心,也没有实现野心的能力。他娶言书娇,是因为"跟谁过不是过呢"。这话言书娇也从旁人口中听到过,伤过心,转念安慰自己,这个"谁"到底也不是别人,是自己。

言书娇给焦义的姐姐焦芳打去电话,单刀直入:"她回来了?"

焦芳和女孩有联系,从没背人,没事还喜欢在言书娇面前提起,用博士打压夜大专科,杀鸡用牛刀。焦芳是老姑娘,偏还总感觉焦义吃了亏。

"是,回来几个月了。昨儿我们才一起吃的饭。"焦芳透着一股子幸灾乐祸。

言书娇保持平静:"没一起逛个街看个电影?"

焦芳城府不够,毛躁了:"你什么意思?"

"我的意思是焦义可不能离婚,你也知道,警察的婚姻是受法律保护的。谁要是没事来当第三者,就算是人才,国家也不容。"

"什么第三者,你说那么难听,就是老朋友见个面怎么了?我全程都在场,一句过分的话没说!人家现在是专家,也是有头有脸的……"

焦芳还嚷嚷着,言书娇就把电话挂断了。事儿弄清楚了,心放了一半,毕竟焦义不会给自己抹黑,他比谁都要脸,是警察呢,绝不敢乱来;再细想又放下另一半,因为那些钱和乱事既是她的错,也是焦义的污点——那女孩再痴情,大概也不会要一个犯了错误被开除的警察。言书娇想着,算计别人真是有好处,不然祸到临头,如何自保?

老天爷继续帮忙,九哥犯了大事。言书娇把剩下的金条交了出去,焦义落了处分。言书娇想,这下没人惦记了。可真让她猜准了,焦义出了事,焦芳再没提过那个女孩。言书娇也不提,暗中计算的,不能拿到台面上来。她也知道自己错了,为了保他,毁了他,所以下了决心好好补偿。

哪怕他不给好脸色,哪怕他口口声声要离婚,但绝不能离。离了,她就错到底了。

7

天刚亮,言书娇的两个嫂子到了派出所。言书娇看到了两人的风尘仆仆,也看到了那些眉梢眼角藏不住的幸灾乐祸。她现在没空跟她们计较,能来,说明焦义有了话,到底是什么话?

"妹夫说,只要你同意离婚,他就不追究你故意伤人。"大嫂说话露牙床,这也不算什么,她日常喜欢嗑瓜子,生把门牙磨出一个豁,本来门牙就比旁人大,豁也深,像手机键盘上的v倒了过来。说话就有点漏风,"伤""深"不分。还要继续说:"你哥的意思,离就离了吧,好合好散。总比坐牢强。言家人穷,可还没有过劳改犯呢。"

言书娇的脸垮下来,心里的火蹿上来:"没有我,你家老大早就是少年犯了!这才几年,难不成真忘了?忘了也没关系,反正早晚还得进去!"大哥家的儿子混到初中毕业,死活要进城。言书娇拦不住,托人在五爱市场谋了个保安的差事，干了不到一个月，就跟人偷货被抓。是她私下托人，说好话，赔钱，又搬出焦义的名头，才免了追究。现在看，好人白做了。

大嫂脸上红红白白，怒了也慌了，扭头看二嫂："这说的……说的是什么话?! 哪有红口白牙这么咒人的？"

言书娇声音拔高了："人话! 知道你听不懂! 趁早给我滚滚滚，自家坟还哭不明白，哭什么乱坟岗子？"

大嫂坐不住了，想到大半夜接到信，顶着北风，赶了这么远的路跑来，委屈得眼眶发红。"你当我愿意管？要不是看在你哥的面子上，我管你死活! 什么东西!"

言书娇怪叫一声，带着一丝棋逢对手的振奋。真的，多少年没这么跟人吵过架了，憋在肚子里的话一个字都不用藏，蹦豆一样射出去。"别挑好听的说了，你们现在劝我离婚，还不是想最后在焦义那儿落个好，将来再不要脸地占便宜!"她站起来，椅子推翻，手指头直戳到大嫂鼻尖上，"告诉你，做梦! 今天把话说头里，以后我跟他是好是坏，都跟你们没关系! 回去告诉他们，当老言家没我这个人! 当我死了!"

好多年前也这么说过，后来还是没狠下心，特别是在结婚后，日子好过了，还是会偷偷帮补，顺便享受一下家里人的奉承和感恩，却忘了感恩后头是年深日久的嫉妒。有次在厨房外头听见她俩咬牙切齿："别看她现在得意，谁知道将来怎么回事？""攀高枝的早晚摔断腿，老天可长着眼呢。"听听，多恶毒。就是因为言书娇没答应她俩来美容院上班，落了如此诅咒。不光她们，哥哥也阴阳怪气，爹妈也唉声叹气，吃着她带回来的海鲜，喝着她给倒的好酒，骂着她没良心。这样的亲人，要不要，能怎样呢？

她现在落难，她们倒是如意了。想看她的笑话，还要打着关心的旗号让她领情，想得真好。索性就此撇清，日后她和焦义安安稳稳过自己的好日子去，河水再也犯不到井水。

言书娇琢磨着，那边大嫂气得直哆嗦，喂过孩子又没戴胸罩的胸脯晃里晃荡，气音从牙豁口处喷出来："她，她，她是疯了！"

二嫂死死拽着大嫂，事儿没办明白，不好走，走了受的气都白受了，太不划算。就好比在村里拾秋早了些，遭主家骂，更要攥紧了那半口袋花生。二嫂堆起满脸笑，先把大嫂按进椅子里，再绕过半张桌子，握住了言书娇的手。

这手真细嫩，多年不干活才能养出来的。二嫂忽然一阵心酸，眼眶红了起来。

言书娇也摸到了二嫂手心里的硬茧，看见了她手背上的冻疮和裂口，这双手上写满了一年四季不间断的农活家务事。她抬起眼，看见二嫂笑脸上的泪珠，泪珠夹在灰扑扑的皱纹里，不上不下的，还不到四十的女人，这副面相放在沈阳城，说六十都不算多。言书娇身上撑着的劲儿泄了，瘫坐在椅子上。说真的，要不是二十年前的那个夜半，她拎着两件衣服跑出了家，现在应该也是这样子。她现在还记得那个晚上，雨点硬得跟石头一样，爹妈和两个哥哥的声音追在后头。她宁可被石头劈成两半，也不想继续留在那个穷家。决心是下午娘把锄头塞进她手里的时候下的，接锄头时摸到了娘干树皮一样的手，她不想要这样的手。她躲进了乱坟岗，躲开了爹娘哥哥追踪的视线，躲出了后面的好日子。

二嫂比大嫂会看眼色，半蹲在言书娇身边，掏心掏肺地说："还是离了吧，不管咋说你现在是城里人，年轻，又没孩子，离了不怕找不到好的。何必一棵树上吊死？"想想又压低声音，"你从小就是个聪明的，怎么这会儿犯了糊涂？他现在是犯了错的，就算没什么大毛病，恐怕以后也再难上去。现在他要离婚，正好，让他净身出户，房子买卖钱，你都要，能要多少算多少。有这些，你还怕以后过不好？"

言书娇看见二嫂的眼睛亮晶晶，汪着再多风霜劳苦也磨不下去的精明，心里忽地闪过一个口子，替二哥的将来担了一秒钟的忧。就一秒，剩下的全部时间，她得想自己。她不吭声，二嫂以为自己说到了点子上，给大嫂飞过去一个得意的眼风。

二嫂得意早了，言书娇要房子要买卖，也要人。再没力气跟这两个糊涂的犯口舌，言书娇喊来了警察，让她们赶紧走，不然她就撞墙自残。

两个嫂子走了，言书娇想，到最后，她们也没说一句：离了婚，还有个家呢，还有后盾呢。她们不过是来看塌台的，谁叫她处处强过她们？

8

焦义终于来了，签了字，带走了言书娇。

言书娇站在太阳地里，忽然觉得恍如隔世。

"你原谅我了？"言书娇盯着焦义，表情似哭似笑，"我知道我错了，可是我也是为了这个家。你原谅我好不好？我们以后一起好好过日子。"言书娇伸手过去，想抓住焦义的手。

焦义后退了一步，手里亮出了身份证户口本："走吧，把手续办了。"

言书娇听见自己的声音破风而出："我不离婚。我说过，我死也不离婚。"

焦义冷笑："你就那么想坐牢？"

言书娇从焦义的笑容里看出了四个字，同归于尽。

焦义没容她多想，压了太久的话，再不说要压死人。

"你干的那些事，我都知道……"焦义在抓捕到老九后找到了一个账本，虽然上面都是不明其意的密码记录，但不耽误他按图索骥，从第一笔行贿记录开始查到保外就医，焦义眼里充了血，再对照言书娇曾经说过的受贿时间，铁证如山。焦义从来有个轴劲儿，一个案子能查十年。查言书娇也如此，继续翻，翻出了李响的案件，翻出了干爹的房卡。从愤怒到冰冷，从想杀人到想一刀两断，都在瞬间。

这些年言书娇背着他干了多少事，结婚前是骗局，结婚是阴谋，还间接害死了父亲……想到父亲，本来坚定的心犹豫了。逝者已矣，翻出这些旧案，便玷污了父亲一辈子的名声。已经盖棺论定的荣誉都要收走，一辈子的心血、一家子的脸面毁于一旦。焦义是警察，也是人子，也有私心。盘算了许久，决定只要言书娇离婚，这些过去便都过去，他会脱下警服当作赎罪。这是他给他们想的唯一活路，可惜言书娇只想走不归路。

"那些事，足够你坐上十年牢。你真想好了？"焦义不带一丝情绪，平静到了谷底，再无转圜余地，也再不想让言书娇心存一丝妄想，于是继续说，"要不，你去问问李响。"

"我现在不去告你，不是心疼你。我爸爸一辈子不容易。我已经决定辞职。但现在，我们必须离婚。你还有什么想说的？"

还能说什么呢？就剩寻死觅活了。可看焦义的样子，哪怕现在她真的一头撞死，他也不会有半点心疼。他到底是恨死了她。

寒冬腊月，言书娇把自己站成了石像，她忽然明白她早就错了,错在一心想把日子过好,却把自己带进了深坑里。

夫妻一场,她输了,闹了,不死,认吧。

言书娇冷下脸,把干瘪的话扔进北风里:"下午吧,我去整理一下,下午三点,民政局门口见。"

其实她还欠一句对不起,对不起公爹,对不起焦家。但说了没用,反倒让人在原不原谅中间为难。索性不说了。

9

言书娇得到了房子,得到了美容院,得到了家里所剩无几的存款。不是因为焦义对她还心存慈悲,只是因为他对这些毫不在乎,他拼了命想更清白,多一点身外之物都是累赘。

下午三点半,言书娇和焦义站在民政局门外的台阶上说了再见。她知道,他们可能此生再不会相见。

言书娇转身离开的时候想,没事,不过是败了一场,死不了。人这一辈子就是要继续往前走,能走得动,天就塌不下来。她能从昨天走出来,就能走到明天去。

昨天她还是村里一个女孩；昨天她穿着邻居姐姐的旧衣裤；昨天她身无分文，只带着一口气，想要活得好一点。

她从现在往明天走，好歹裹着白色貂皮大衣，好歹有房有店，好歹还有一口气。足矣。兴许再过十年八年，焦义恨不动了。兴许那会儿她也把他忘了。

谁知道呢。

第四篇　某女

1

那天傍晚，白小蕗坐在虹姐的面馆，桌上是一盘水煮花生、一盘切片红肠和一扎两升装的啤酒。她嫌倒酒费劲，双手捧着往嘴里灌。手小，胳膊细，倒不妨碍喝出气贯如虹的感觉。虹姐知道她的酒量，白酒当红酒喝，红酒当啤酒喝，没啥度数的散装扎啤可以当水喝。她也真是为了解渴，坐下第一句是一会儿还有个酒局呢。虹姐转身进了厨房，再出来，手里多了一碗面。白小蕗目光亮晶晶，说，姐，你真是我亲姐。虹姐闪开了那道目光，顺便闪开了虚伪的回应。白小蕗不介意，下一秒她端起了面，夸张地深呼吸一下，表示这面有难以置信的美味。

白小蕌三个月前搬到了会武街，难得晚霞灿烂，对应她的苹果脸，细高挑儿身段，让街边、窗边的闲人饱了一把眼福。有见识的小媳妇说，白小蕌胳膊上挎的小包值大几千。更有见识的人撇嘴，假的，五爱街满地都是，一百块一个。白小蕌听不见这些话，她才十八岁，正是可以不听任何人话的时候，谁说什么跟她有什么关系？她踩着自己影子，按照楼牌号找到出租屋。熟门熟路的样子，像回家。拧开门，撞进眼里的是墙壁上的油烟渍和蚊子蟑螂的尸体残骸，是地上铺着的黑白花地板革，踩一脚便有一声老透了的呻吟。真跟家里差不多。

　　白小蕌家在大石桥。她不说自己是大石桥人，她说她是四川自贡的姑娘。虽然她从没去过四川，只在学校的地理课本上让老师帮忙找过那个笔尖墨点一样大的地方。那地方出名的是辣椒和大熊猫，也出了名的穷。白小蕌听她妈说，遇到青黄不接的日子，要到地里抓老鼠拿回家炒辣椒吃。白小蕌一边啃着老玉米一边吓得瞪眼。后来才知道，妈说的老鼠是田鼠，能吃，据说也不是很难吃。妈可能是不爱吃，十几岁跟着来做生意的东北人跑了。然后几十年没回去。回去干什么呢？没结婚，倒是有了娃，干零活打散工，对付日子。苦，但总还活了下来。

几十年的时间，足够把记忆中的穷山恶水美化成世外桃源。在她妈嘴里，老家讨喜，东北就哪里都不好，冷，脏，穷，人凶，男人吹牛，女人撒泼。入乡不随俗，她妈硬生生把自己活成了异类，白小蕾成了她唯一的伙伴。没办法，白小蕾先吃了她的奶水，再吃她的饭。她说什么，白小蕾也只有点头的份儿。好在白小蕾从来不觉得委屈，她愿意自己身上有遥远的血脉，和眼前的人有所区别。不管好坏，不一样，就是鹤立鸡群，所以走路也带风，昂首挺胸。她妈再说老家多好的时候，她连连点头，说将来一定努力挣钱，带着老妈衣锦还乡。

白小蕾只身一人跑来沈阳，原本是打算考艺校的。十四岁那年，她在大石桥街头闲逛，遇见过一个自称导演的男人，夸她美且有记忆点，意思是美得与众不同，若是做明星，一定可以大红大紫。男人说你怎么不去考艺校呢？只是一句话，却在白小蕾心里生根发芽了，从此对着镜子练微笑，跟着磁带学唱歌，咿咿呀呀，听不出自己的荒腔走板。早就想来，可她妈说怎么也要混到高中毕业，有了高中文凭，当不了明星还能当个售货员，能养活自己，不至于被人欺负。白小蕾头一次怨她妈，因为活生生耽误了她几年好时光。她妈说急啥，该是你的跑不了。

终于毕了业，她妈也找到了新男友，两人一起欢快地收拾行李，妈拿出了不多的积蓄，说好了，就这一笔，之后要看白小蕾自己的本事了。她妈说你可比我当年强太多了，我来这儿，身无分文，可现在你看看，该有的都有。白小蕾想了想，把钱分成两半，一半带在身上，一半留下。她妈又说，出门在外，别欺负人，也别让人欺负了。她妈确实从来不欺负人，标榜自己独树一帜是有的，但占人便宜坑人害人，从没。也没人敢欺负她，曾经有个男人打着恋爱的旗号住进母女俩的小屋，半夜里掐妈的胳膊，妈抄起了火钳子，差点把人捅个穿心。妈说了，人得自己护着自己。

白小蕾走的时候，她妈想掉下两滴眼泪，酝酿了一会儿，没成，也就算了。白小蕾欢欢喜喜地跑去了火车站。

初到会武街的一个月，左邻右舍都被白小蕾的歌声骚扰过。几个泼辣的媳妇推开窗骂街，白小蕾的歌声越发高昂。媳妇家里有几个半大小子，每天都聚在楼下，一边踢球一边等着白小蕾走到阳台上，他们盯着她的白色小背心，死死记在心里，晚上躺倒，带入梦乡。一个月后，也是这几个半大小子看见白小蓇哭着走回来，眼泪把眼线冲成熊猫样的黑圈，继而在脸颊上淌出两道黑沟。当天晚上所有人都知道想当明星的白小蓇梦碎了。

愁了几天，难受了几天，给妈打了电话。妈还好，已经准备结婚了。妈说这一辈子没多少顺心的，都心想事成了，凡人得飘成啥样，世界还不乱套了。就得有波折，就得七灾八难，才好过到老。妈说东方不亮西方亮，干什么都能活人。白小蓇放下电话，心里的郁结消散了不少。

白小蓇现在是十三纬路边上一家小KTV的公主，工作很简单，穿廉价的黑裙，扬起浅薄的笑脸，没人在意虚情假意，大家图的就是毫无意义的开心。她可以唱所有喜欢的歌，唱了一个月，发现自己也没那么喜欢唱歌了，虽然客人们总是会给掌声，并对她没有考进艺校表示深深的遗憾，谴责那些老师没眼光，甚至会说她将来总有一天可以出人头地。白小蓇很在乎将来，但看着每天比别人多的小费还是心存欢喜。

白小蓇每天凌晨或者黎明才回到出租屋，睡到下午甚至傍晚。窗帘是白天黑夜都拉着的，屋里不进阳光，也就看不到灰尘起舞。自以为温馨舒服，也就安之若素。她在街口的大众浴池洗漱，在浴池前门廊的美发厅吹头发，换洗衣服则以每个月五十块的价格包给了邻居卢大妈。老太太逐件手洗，熨烫，叠得横平竖直。儿媳妇看不下去，自家的活儿不上心，给别人干倒是起劲儿。老太太装聋作哑，每个月赚的钱都死死塞进腰包里，有钱就有胆子。如此一来，交易双方都觉得占了极大便宜。吃饭更没有章法，白小蓸多数时候不吃，到了店里，不管哪间包房都能点水饺面条馄饨，有时唱首客人点的《知心爱人》，客人高兴了，再给叫一份小龙虾。偶尔自己下馆子，到虹姐的面馆坐下，不为吃，为了聊天。聊些不太常说的实话。

比如在外头的酒桌上，白小蓸有时候说自己是沈阳土著，父母在国外打工，她没考上艺校，现在在等签证；有时候说自己是沈阳大学的学生，成绩优异爱好广泛，出来喝酒交朋友算社会实践。有次她还说自己是逃婚出来的，因为无良爹妈要拿她去给哥哥换亲。这么说吧，她嘴里的身份来历基本和当时正上演的电视剧里某个女角色的背景相吻合。

可在虹姐这儿，白小蓸说的都是实话。白小蓸说她想回故乡看一眼，是不是跟她妈说的一样好，兴许就再不回来了。虹姐当故事听。白小蕌边说边往红肠和花生里头加辣椒油，弄成红彤彤的一盘。虹姐想，辣椒油也应该算钱。白小蕌看着虹姐说，本来我想认你当干妈，可你看着可太年轻了，不如给我当姐吧，我的亲姐。虹姐似笑非笑："我可担当不起。"

2

虹姐年近四十，失婚失业，就剩这门面房，原本还有多一间，被前夫在赌桌上输出去了。虹姐前脚送走了债主，后脚办了离婚。得想法活下去，主意就落在这房上，于是开了这家面馆。也心知肚明凭这两块钱一碗的抻面和六张桌子的规模，再想活得好，也好不到哪里去。这是命，她得认。

认了有认了的好处，虹姐说不出无欲则刚这种场面话，但也不用对谁都笑脸相迎。喝点损酒闹事的，屋里随地吐痰骂天骂地的，都可以直接骂娘赶出去。虹姐不怕得罪他们，因为他们从来不认为被骂是种冒犯。他们还会再来，不然去哪里找这么便宜的酒和还算入得了口的下酒菜？

有些时候虹姐觉得他们就是在找骂，因为她是为数不多还把他们当人看，当人来要求的。虹姐用了很长时间来理解、消化这种诡异处境，直到有天看见开蹦蹦的老铁被城管一脚踢翻，拐杖和车在地上尸横遍野。晚上虹姐给他加了半份干炸里脊，听他和人吹嘘在方形广场勾搭的站街下岗女。"十块钱，啥都行！"他颇以为傲。虹姐听着越说越不像话，半杯扎啤就泼到了老铁脸上。老铁抹了一把脸，拄着拐杖走了。

当个人，不能作践自个儿，也不能作践别人。所以虹姐看不上白小蕾。不至于撵走，但也没啥好脸。

下午四点，店里没别的客人，厨师在后头睡觉，虹姐捏着抹布有一搭没一搭擦桌子。也不知道抹布和桌子哪个更脏一点。白小蕾讪讪地笑了，这么会儿工夫，扎啤只剩了一个底儿，花生和红肠没怎么动。她脸上不红不白，跟没喝一样，放下钱打算走。虹姐斜眼看了一下，倒是只多不少。谁也别占谁便宜，都有账，下次来准多上一个酱牛肉。

虹姐本打算等白小蕾出门了再过去收钱，没想到有人比她动作快，嗖的一下把钱揣进裤兜里。这么不要脸的，除了虹姐的前夫陈波，没别人。虹姐让他把钱拿出来赶紧滚。他笑呵呵地坐在白小藚刚坐过的椅子上，吃白小藚吃剩下的花生和红肠。很快，他辣得直吸气，硕大的肚子跟鼓一样，腮帮子也鼓着，像没见过世面的蛤蟆，为了硌硬人拼命聒噪蹦跶。

"虹啊，啥时候跟我复婚啊？不复婚也行，可这店得有我一半吧？这样，你拿十万，咱俩两清，我保证以后再不来打扰你。"陈波说得云淡风轻，连眼神都透着得理不饶人的直接。他说虹啊，给我也打一杯酒，今儿太热了。

今儿确实热，外头大太阳乱纷纷地照着，头顶的吊扇懒洋洋地转着，他说，虹啊，你是个什么东西呢，除了我谁还要你呢？陈波盯着虹姐的肚子，眼里带着戏谑和轻蔑。

虹姐生不出孩子来。当初怀孕，他在外头玩女人，回家把一身脏病过给她。三个月的孩子流掉了。大夫看了病历本，抬起眼皮厌恶地看着虹姐说，就你还想当妈？这辈子别想了。

狭小的面馆突然就变成了演武场。虹姐冲过去抽陈波，陈波有防备，起身躲到一边，随即抓住了虹姐的手。虹姐力气不如他，但另一只手足够挠他满脸花。陈波火了，用力一搡，虹姐脚下一滑，被身后的椅子绊了一下，坐在了地上。陈波想趁机踢上来，白小蕌却不知道什么时候已经抓起了桌上醋瓶子，照直了砸在陈波头上。血和醋混着，顺着头发丝流了满脸。

这时间足够虹姐爬起来，厨师拿着菜刀也冲了出来。虹姐一把抢过菜刀，高举着，把还想反抗的陈波赶到门外。

陈波吼："刘恩虹，你给我等着！"

虹姐还没开口，白小蕌已经追了过去，手里拎着另一张桌子上的醋瓶子，声音比他还大："你他妈的再动一下试试！我废了你！"

陈波逃了，一路蝉鸣送客，醋味蒸腾，他的影子很快消失在街角。

白小蕌转过身看虹姐，姐，你没事吧？

虹姐把菜刀交给厨师，扶起被踢倒的椅子。能有什么事？

日常恶心虹姐，是陈波给自己失败人生找的唯一乐子。他知道虹姐会生气，也知道这样会有效阻挡某些人对虹姐的觊觎。他并不是真的想再续前缘，只是不愿意虹姐过得太舒坦。他就是个有闲的小人，不幸被虹姐摊上了。

外头太热了。吊扇终于寿终正寝，停止了最后一圈自转。虹姐拢好了头发，打扫起一地的玻璃碴子。其实不用白小蕾伸手，和陈波斗争这么多年下来，她早就不是那个骂不还口打不还手的刘恩虹了。现在的虹姐，吃什么都行，就是不吃亏。

屋里太酸了，虹姐一边抓紧整理，一边让厨师抓紧回后厨备料，一会儿该上客了。面馆就靠晚上这拨客人挣钱呢。挣钱了也安空调。虹姐捏着抹布在屋里大步流星地转圈，不大的地方硬是走出了破马张飞的架势。

白小蕾还在门口站着。她胸脯起伏，面色苍白，比当事人还激动，盯着虹姐说："姐，有事你吱声，我弄不死他！"

这话对白小蕾来说不算吹牛。街对面的破歌厅虽没让白小蕾发财，倒让她认识了会武街大大小小的流氓，每个都说，妹妹，有啥事跟哥吱一声。她心里一暖，也就信以为真。

虹姐没白小蕾这么天真。这种随口就来的便宜承诺，哪能往心里去呢？可多少还是感激刚才她不管不顾帮忙的劲儿。虽然这样的刮目相看不够彻底抹平成见,但虹姐想,以后可以对她稍微好一点。

3

好长一段时间白小菡没来,虹姐还琢磨,她估计是想明白了,换个好场子赚大钱去了。可不是嘛,既然豁出去吃这口青春饭,就得在有限的时间里把自己卖出个好价钱。要不然就踏踏实实地找个正经工作,到五爱街站柜台,看床子,给酒店当迎宾,一个月仨瓜俩枣落个身家清白,将来也好还有机会嫁个不错的男人。她现在这种玩法,四六不靠,很大概率到最后什么也落不下。

看,虹姐开始替她打算了。

其实白小菡不赖,年轻,高挑,眉眼透着南方姑娘的清秀,永远穿紧身小黑裙,永远一头大波浪。她明白自己的好,更心疼自己的好,所以舍不得也不愿意去干那些脏累的活儿。她想用这点好当本钱,最大化地换回以后的好日子。在这个钱遮百丑的年头,这样选择的女孩太多了,多到你都没法说这样是错。

如果非要挑个错处，也只能说她不应该在廉价的地方把自己耽搁了。之前有人或隐晦或直接地点出来，可白小蕊有说辞：大场子管得严，要求多，不自在，竞争又激烈，她没想去受那份约束。她说的是真的，再好的价钱也不如自己舒坦重要。

后来虹姐才知道，那段时间她消失是去谈恋爱了。白小蕊爱上了老孟。

老孟是本地人，曾经是区医院的肛肠科医生，现在是一家刚开业的私人医院的院长。医院主治男女专科不孕不育，在各种主流和非主流媒体上铺天盖地打广告，广告里笑容可掬的青春女子捧着至少怀胎六个月的肚子说，在这里，她找到了幸福的可能。

老孟忙。为接待上级部门检查，他足足忙了半个月，收官之作是半夜大酒，光茅台就消耗了有六瓶之多，将所有领导和工作人员都安排得笑意盎然，他才松了一口气。其实这会儿他已经喝多了，但松弛下来让他误以为自己还能喝，于是兴致高昂到不挑剔地方，随口让司机停车，钻进了白小蕊所在的夜场。

那会儿已经快凌晨一点，在众多已经上头的女孩中，白小蕾是唯一清醒到还能串房的，于是被妈咪热情地带到了老孟身边。在这种地方，轻易见不到老孟这种客人，喝多了照样儒雅，张嘴就是"请坐，你好，别拘束，我们随便聊聊就好"。白小蕾笑了，直勾勾的眼神落在老孟脸上，倒让他脸红了。白小蕾觉得从这一刻起，她已经爱上了老孟。

白小蕾用半个小时让老孟彻底喝大。等到他再醒来的时候，天已经亮了，包房安静，空气浑浊。白小蕾睡在沙发一角，满屋的污秽也掩不住年轻女孩酣睡中表情的恬静。老孟抓了抓头发，揉了揉脸，恢复意识后第一时间检查钱包，分文未少。几秒钟后意识更加清醒，他抽出两百块扔在茶几上，想了想再加两百，算是给白小蕾一晚上的辛苦费，他确信在这儿这是天价，对得起一夜没成的春光。

老孟起身要走，眼角余光瞥到茶几上摆了一杯柠檬水，看样子绝对是为他准备的，心中不由一动，再看白小蕾，妆虽残了，好气色却是天生的。年轻，心善，懂心疼人。老孟把名片抽出来，压在钞票上。

两个礼拜后，白小蕾从会武街出租房搬进了高级公寓，水晶吊灯，土耳其地毯，墙上挂着说不出名字的油画，蒙着眼睛的爱神乱放箭，赤裸男女拯救苍生。老孟不许她去上班，留下一张有限额的信用卡。白小菖突然快进至梦里都不敢涉足的好生活，冲破想象力的好生活。她睡到中午自然醒，下午逛街看电影去美容院，晚上和老孟一起出去吃饭。老孟饭局上的人都是城市精英，高级知识分子，每个人都谈吐儒雅，风度翩翩。他们坐在圆桌边彼此恭维，互惠互利，把所有见不得光的交易说得顺理成章。白小菖开了眼界，长了见识，才知道自己以前到底有多愚昧。还不等她自惭形秽，老孟就抓着她的手对别人介绍说，这是我女朋友。白小菖眼里泛水光，心里乐开了花。她努力跟着桌上其他女孩学，淡然微笑，轻抿双唇，把每句话里的"我"改成了"人家"。

老孟睡着的时候，白小菖有时还醒着，她借着月亮光看老孟的脸，手指头滑来滑去，老孟似乎察觉但从未阻拦。白小菖想，老孟应该是她最好的命了，她得好好珍惜。

她学了煲汤，又学了甜点，她打算接下来去学日语，因为老孟说将来医院可能要和日本人合作。她想配得上他。

她赌咒发誓不知道老孟已经成家了。她说，姐，我不是那样的人！虹姐给白小菖上了一碗加肉面，又看着她在面上加了好几勺辣椒油。

老孟的媳妇卫明哲三个月前跟着朋友去了韩国，从那里登游轮，打算环游世界，上个礼拜突然从意大利下船换飞机杀回沈阳。估计是有人通风报信，特意跑来抓现行。

白小蕌说，姐，要不是我反应快，这脸就保不住了。因为事发突然，白小蕌夺门落跑的时候，就抓了扔在门口的一个随身包，这三个月添置的衣服鞋袜首饰一样没带出来。

白小蕌站在马路上才想明白，她为什么要跑？她也是受害者啊。跑可能是下意识觉得自己不占理，也没勇气回去拿东西，那些名义上属于她但是都由老孟付钱的东西。

白小蕌难受了一天，为了悼念逝去的爱情。她觉得她是真喜欢老孟，凭啥不喜欢呢？老孟风流俊秀，身材和面容都算拿得出手，有文化有素质，知道吃西餐的全部礼仪也知道怎么分辨红酒的优劣。他跟她认识接触过的所有男人都不一样。老孟从来不说爱，他说和你一起散步在月光下感觉真好。他还说你别抽烟了，对身体不好。这是头一个这么跟白小蕌说话的人。别的男人说的是，你别抽烟了，我闻着恶心。白小蕌以为老孟对她总是有点真心的。

可他也的确是在最要命的地方撒了谎——他从来没说过自己有老婆。当然，他也没说没有，每次谈到这个话题他总顾左右而言他，比如捧着白小莒的脸说，年轻真好；比如拉着她的手问，你将来打算做什么？白小莒恨自己傻，硬是把不正面回答当成了否认。这就是个王八蛋。

白小莒擦了擦眼泪，冷了冷心，他一万个好都抵不上这一个不好，她拎得清。于是剩下的时间就全是恨了。老孟就是个骗子，虚情假意，无情无义。三天了，他连个电话都没有。三天，白小莒累积了足够的恨意。她不会原谅他，更不会饶了他。

这些话白小莒跟虹姐能说，跟妈不敢说。妈会生气，不光气老孟，也会气她。怎么就被人欺负成这样了？于是给妈打电话的时候，她说她挺好的。

4

白小莒闯进老孟的办公室，张嘴开价十万，不然就把这家破医院的底细举报出去。这三个月白小莒跟着跑酒局，知道了不少医院诊断治疗上的花活，从卖高价药到虚高的诊疗费，从所谓医药代表的私下运作到没有行医资格的人利用假执照冒充专家。四个字概括，叫草菅人命。这可不是她说的，是在某顿半酣的酒局上一个秃顶男人说的。他说了，大家都哈哈笑，然后说放心吧领导，我们不会的。

白小蕾稳稳地坐在转椅上，眼里射出冷箭来，咬牙切齿："十万，要不然你给我等着！"对面的老孟不开口，身后墙上挂着不知道谁写的白纸黑字，医者仁心。白小蕾清楚自己一脚已经踢出去了，正中老孟的裆下命门。

老孟感觉到了疼，可就算是这样，眼前的白小蕾也是好看的，她越来越好看，三个月的调教，她已经添了一股造作出来的文雅意思，如果再给一年，他有把握她能成为绝代佳人。老孟一时间居然心猿意马，硬是恍惚了一下才回神，看在白小蕾眼里，他的犹豫是不想，不甘愿，是疼得不到位。白小蕾接着说，我光脚不怕你穿鞋的，咱们走着瞧！

老孟叹口气，小蕾啊，我是真喜欢你的。你怎么能这样？

老孟十指交叉扣在胸前，指节修长，指甲干净圆润，手腕上是一对闪闪发光的袖扣。他的手比女人绵软，落在她胸脯上的时候有微凉的触感。如果是三天前，她兴许就因为这句话上头了。可惜，过了那个村，就没那个店。她笑说，孟总，不然我去跟你老婆谈谈？老孟把一肚子柔情收起来，赶紧答应了。

其实老孟心里是愿意出这个钱的。他有股份在，上头也还有集团董事会盯着，于情于理他都想破财免灾。问题是老孟没有这么多钱，卫明哲已经拿走了他全部私房钱，控制了家里所有积蓄，手段雷霆，冷静理性。

卫明哲虽然也算农村出身，但父亲赶着改革的春风一早就做了养殖大户，成为先富起来的一拨。她有三个兄弟，干物流干工程干医院，产业遍东北。她打小受熏陶，商场上的事不比老孟差。老孟找朋友借钱，朋友直言，卫明哲打过招呼，这会儿谁帮你谁就是跟她作对。"孟院，你别为难我。"老孟又羞又怒，转身找卫明哲谈判。难不成真的要眼看着他倒霉？卫明哲冷笑，没想到你还真是蠢。你怎么知道那个狐狸精以后不会继续要钱？这种事有第一次就有第二次，是无底洞。老孟不得不承认卫明哲说得有道理，于是就更恼火。

按照卫明哲的意思，老孟现在应该反咬一口，告白小蘁敲诈，让她好好吃吃苦头长点记性。这十万块可以去打点送礼，说白了，宁愿打水漂也不能便宜了白小蘁。老孟表示需要考虑。卫明哲冷笑，你还舍不得？

卫明哲已经把白小蘁的来历都打听清楚了，这姑娘除了年轻，其他一无是处。她打心里看不起老孟，男人都玩，但也得玩点涨身价的。她二哥外头的小女友是某大学外语系的高才生，二哥说这是给将来企业走向世界做人才储备。谁都知道这话是胡扯，可窗花也靠扯，好看就行呗。二嫂也明事，睁一眼闭一眼，说只要不带到自家床上，她就当没这回事。

简单来说，卫明哲对老孟太失望了，所以异常平静认真地通知老孟，离婚吧。老孟是过错方，没资格不同意。可结婚多年，感情不在，生意利益千丝万缕，一时半会儿切割不干净，所以暂时还不能去办手续。不过既然说好了不当两口子，相处起来倒是舒服多了。卫明哲完全站在朋友的角度，出于江湖义气，替老孟考虑起来，要想保住事业，必须先下手为强。

老孟和卫明哲多年夫妻，直到这会儿才头次觉得自己是被在意的。这可比一杯柠檬水有分量。老孟鼻子有些发酸。卫明哲却毫不含糊，等这边都弄好了，咱们就去办手续。儿子归我。看着卫明哲把一场妻离子散说得云淡风轻，老孟那点后悔也就退下了。离吧。他也不是当年那个区医院的小医生了，离了，他不怕没有更好的。

老孟那边百转千回地算计着，白小蕾没心没肺地在虹姐这儿吃着面。在她看来，这十万肯定能到手。她想用这笔钱离开沈阳，去厦门、上海，要不就是北京，或者回四川那个从没去过的老家，重打锣鼓另开张，学门手艺，做个小生意，要是妈愿意，把她再接来，好好伺候。

白小蕾喝了一口面汤，抬起眼："姐，你最近咋样？"

跟你比的话，还算不错。虹姐这是实话实说。这几个月陈波没来过。街头棋牌社的老板娘庄姐来过几次，抱怨陈波欠了她不少钱，人没影了。她知道虹姐和陈波早就离婚，怎么也轮不上虹姐来擦屁股收拾残局。庄姐只是有些窝火，必须找个地方说道说道。在面对同一个王八蛋的时候，她俩说得到一起去。

"那陈波太不是人了，有本事他祸害那些有钱的去啊，冲我们孤儿寡母下手，他也好意思！"庄姐越说越气，自己去柜台拿了一个口杯装老龙口，仰脖就是一两半。她确实不容易，孩子生下来脑瘫，丈夫连她和孩子一起赶出家门。好在娘家妈帮忙，她支起一个棋牌社，赚钱给孩子攒着，不求看病，只求将来别饿死。庄姐跟虹姐差不多大，半老徐娘，打扮一下，也不愁没下家。可庄姐跟虹姐一样没这个心。庄姐不想再给人当媳妇，她是怕孩子受委屈。

　　虹姐把身上现金都翻出来，推到庄姐跟前，她没要。她说冤有头债有主，一码归一码。她已经托了几个人四处去找陈波的下落，找到人，她就有办法让他吐出钱来。庄姐话不多，够狠。虹姐知道她和几个混街面的大哥都熟，又有几个不成器的小兄弟天天在她店里混日月，她饭是饭，茶是茶，没半点怠慢。他们都愿意帮她跑腿。

　　庄姐笑说，你到时候可别心疼。庄姐眼睛大，瞪起来有点凶。虹姐哈哈笑，你该怎么办怎么办，不用给我面子。庄姐啐了一口："我是怕你破财。他欠我的还是小数，听说外头还有大头呢。"庄姐抬起眼睛，打量这一间半面馆，她知道，虹姐也知道，这是虹姐后半辈子的倚靠了。若让人算计了去，以后可怎么活？虹姐领情，让她放心就好。虹姐不知道的是，庄姐跟陈波的其他债主子打过招呼，说她俩是金兰姐妹，谁都别来找面馆的麻烦。

第五篇　小梅

1

2008年，会武街只剩了不多的原住民，其中最好面子的也得承认，现在这儿就是贫民窟。

他们大多五十出头，是最早下岗又转行失败的一群人，靠着退休金维生，估计会老死在会武街。他们的顶级消遣也不过是坐在虹姐的小酒馆，捏着白酒，嚼着花生米，啃着鸡爪子，双眼赤红目光迷离地追忆往昔，追忆那些或真或假的峥嵘岁月。这种酒局能从上午一直延续到日落时分，等夕阳残照，酒劲儿充斥全身，战场也就从小酒馆转移到彩电塔夜市大排档。手里端着一升装的扎啤，老雪花满满一杯地冒着沫子，"来，必须透透"。第二天醒来，床边最所以虹姐面对白小蕌的询问，给了相对安稳的回答，陈波估计一时半会儿不会来。眼不见心不烦，虹姐这才有闲心思替摊上事的白小蕌琢磨盘算。虹姐说他们要是给了钱当然好，不给就算了，你可别把人家惹急了。还有半句话虹姐没说，你白小蕌可不是卫明哲的对手。

5

虹姐认识卫明哲，准确地说是认识老孟。当年俩人是彼此的初恋，年少的感情纯真但经不得风雨，渐行渐远。他考上了大学，虹姐进了工厂。他当了医生，虹姐嫁给了陈波。后来虹姐只因为先兆流产找过他一次，孩子没保住，虹姐也再不能生育。

虹姐承认，在过得不太好的时候也想过，当初要是跟了他会怎么样，但这种念头只会存在一瞬。假设，如果，兴许，虹姐不太愿意把时间浪费在白日梦上。日子只有往前过，没有倒带这一说。后来他结婚了，放弃了医院里头所有对他心存觊觎的姑娘，娶了养鸡大户家的千金，这事很多人都知道，很多人眼热心气腹诽，感叹老孟自甘堕落，哀叹世间再无纯粹爱情。虹姐觉得纯属闲的。

虹姐参加了他的婚礼,坐在最靠门口的一桌,桌上都是跟双方关系不太近的朋友,可能都算不上朋友,大家只是来走走交情,所以说话也没什么分寸。有人说是卫明哲倒追的老孟。老孟心高,虽然落在了区医院,但还是考了一所不错大学的研究生,打算再进一步,更上一层楼。所以老孟对另一半的基本要求是模样好、学历好、人品好,家里在医疗系统有关系。最后一条是老孟的心病加刚需。当年要不是因为被有关系的同学挤了一下,他也不能沦落至此。可惜能符合这样标准的姑娘太少,凤毛麟角,即使有,心气比他还高。

经历了两年相亲失败后,老孟算是把这人生一课学明白了,人啊,不能什么都要。于是卫明哲出现了,模样好,家里有钱。关系可以靠钱建立,学历可以用钱买,人品这种见仁见智的东西,说好就好。于是俩人相识三个月闪婚。

有人冷笑说,她听到的是另一个版本——老孟死活追的卫明哲。卫明哲根本不想结婚,没扛住老孟走上层路线,搞定了她爸和三个哥哥,又反复保证婚后也不会干涉卫明哲的自由,她这才勉强下嫁。

虹姐远远地看着卫明哲，不知道自己是不是有识人之明，但她真没给虹姐留下什么好印象。人算是好看的，大高个，人也白净。婚纱是最时髦的，层层叠叠的白纱拖地三米。酒席也好，最后一道上的是鱼翅汤，压过大部分婚宴。只是她太冷静，大喜的日子也不见什么笑脸，倒好像是被迫下嫁。她看老孟的眼神透着一种优越，眼皮一抬，老孟就得看出她的心思，然后赶紧满足。

于是虹姐倾向于相信第二种说法。不过也无所谓了，人家的事，轮不到她叹息或者说三道四。虹姐不过是来送红包的，维持一下关系，想着万一以后家里谁生病，兴许还用得着老孟。仅此而已。

虹姐放下红包，抽个空当和老孟说了句恭喜，早早离开了。后来再没见过。

6

电视里说，今天是三伏最后一天，也是近几十年来沈阳最热的一天。有人在中街滚烫的柏油路上打了一个鸡蛋，两面焦黄。

到了夜深，店里没客人了，可还是没凉快下来。虹姐从冰箱拿出两瓶八王寺，和厨师对着喝，一边喝一边研究菜单。

她打算把面馆改成酒馆，扎啤比面赚钱，下酒菜也有足够的利润空间。虹姐给了厨师一份干股，他在这儿三年了，踏实，本分，憨厚，手艺一般但干劲十足。虹姐笑说全靠你了，你得帮我。厨师想了想，写下辣白菜花生米，干豆腐丝拌小鱼。他说可以去浑河捞鱼，成本还能再低点。虹姐笑了，答应给厨师介绍一个好女孩做女朋友。厨师一脸油汗也笑成一朵花，姐，要是那样，我给你养老。虹姐一巴掌拍在他后背上，手心湿漉漉。天确实太热了。

虹姐再抬头的时候，电视里换了节目，西装革履的主持人端坐，字正腔圆播报："某女，我省大石桥地区赴沈务工人员，因涉嫌诈骗被警方抓捕……"镜头切到拘留所，打了马赛克的白小菡出现在屏幕上。她坐得笔直，摇头晃脑，好像在看谁的热闹。

十天后，虹姐从拘留所把白小菡带了回来，警方给出的结论是证据不足。虹姐估摸着卫明哲没下死手，也许是下死手花费更高。不管怎么样，白小菡没落案底，这是卫明哲的一次警告，警告白小蒚别胡来。

路上白小蒚问，她到底要不要脸？虹姐冷笑，自打你开口要钱，这里头的事就跟要脸不要脸不挨着呢。白小蒚没想到虹姐这么直白，眨巴眨巴眼睛反问，难不成我就要忍气吞声，白让他占了三个月的便宜？被人欺负了还不许找回来，这在白小蒚身上不成立。虹姐懒得和糊涂人掰扯，各打五十大板的事，没人无辜。索性转头看窗外，外头依旧热，把人的影子都晒干瘪了。

回到店里，虹姐让厨师给白小蒚做了一盘豆腐，祛晦气。白小蒚一口没动，直接拧开一瓶老龙口，仰脖就是二两。她咬碎了牙说："姐，我不会就这么算了的。"

虹姐冷下脸："你爱干什么干什么，犯不着跟我说。"去接白小蒚已经仁至义尽。

白小蒚愣了一下，冷哼："对，你是我什么人啊，我干什么跟你说？"

虹姐火了，本来想骂，见白小蒚眼泪落下来。又忍不住追问，才知道卫明哲找到白小蒚的妈，把她在沈阳做什么营生、干了什么好事都说了。卫明哲是打算让白小蒚出了看守所就被她妈绑回家。可没想到，适得其反。白小蒚的妈听到消息气得血冲脑门，叫人传信，让白小蕙必须弄个明白，要个说法，别白吃了亏，一点好处落不到。这么窝囊，还是她生的闺女？白小蕙在看守所得了信，一口气憋在心里，打定主意这一笔不算完。

"老板娘，如果你是我，你会忍？"白小蕙一把抹去眼泪，又抓起一口杯白酒。

虹姐能怎么劝？一个小姑娘遇见王八蛋已经够倒霉，卫明哲还要断人生路。这梁子结死，以后各凭本事，闹去吧。虹姐想了一会儿说，打蛇找七寸，你得看看她怕什么。

白小蕙心明眼亮，马上安排起来，晚上就在夜场最大的包间摆了一桌。老板仗义，不收包房费，还让她自己准备酒水。虹姐让厨师用倒骑驴拉了两桶扎啤过去，下酒菜也全包，算是给足了面子。白小蕙请来会武街上的闲汉，请他们吃饱喝足，就一个要求，找卫明哲的碴儿，她要以牙还牙。

也因了这，面馆晚上无客，虹姐和庄姐闲聊，估摸着白小蕙这么折腾没戏。那帮人没一个真办事的，就是想白喝一顿酒罢了。虹姐话里话外的意思透着想管一把闲事，谁让白小蕙帮过她呢，总不好眼见人亏越吃越大。庄姐叹口气，行吧，那就都跟着掺和吧，反正大热天的，也没什么正经生意。

庄姐一个电话召唤来了老铁。虹姐出钱，让老铁这几天换个地方趴活。老铁龇牙咧嘴犯难，五爱街这些天生意好，他半天就能挣一百。庄姐一巴掌搂他后脑勺，再废话，以后棋牌社就没他的地儿。老铁光棍一个，父母双亡，腿脚也不灵便，把庄姐的麻将馆当家，也是庄姐，隔三岔五把家里的饭菜端给老铁。

三天后老铁来送信儿，唾沫横飞地说，这三天他就在北苑门口趴着，卫明哲出门他就跟，多亏了最近修路，满世界塞车，他的蹦蹦居然真跟上了卫明哲的大奔。第三天，他亲眼看见卫明哲接上一个小白脸，俩人手拉手进了万豪。

白小蒚笑得差点背过气去，把兜里的钱都掏出来给老铁，老铁假意说不要，帮妹子忙呢，哪能收钱。白小蒚扭头把钱给虹姐，说以后老铁来吃饭，都算她的。虹姐看老铁有些后悔，这些钱够他输一阵子了，把钱推过去，老铁还要再推挡一下，虹姐说，再客气就真没有了。老铁讪笑着收了，架着拐走了。

白小蒚说，姐，你等着看吧，好戏来了。

7

那天挺凉快，傍晚落了一场太阳雨，赶走了暑热烦躁。虹姐和厨师忙着在后厨腌泡菜，配方是白小蕗的老乡某个川菜馆的厨子友情赠送的，据说那店日日爆满，就是因为这口正宗四川泡菜。白小蕗巴巴地讨来秘方献殷勤，虹姐本不想领情，可自家不争气的厨子兴致勃勃，他现在一门心思赚钱，每笔进账都要先算毛利，再研究其中自己那十分之一有多少，多久才能攒够首付。虹姐不好打击厨子的工作积极性，也就套袖围裙帽子全套招呼到身上，将萝卜辣椒大头菜堆在水池子里。卫明哲找来的时候，虹姐刚一脚踩上地面的水滑倒，四脚朝天特别尴尬，也赶巧不巧地仰视厨房门口穿着白色套装、白色高跟鞋，涂着大红嘴唇，凌然高人一等的卫明哲。

虹姐被慢了好几拍的厨子拉起来，拍了拍裤子上的泥水，硬着嗓子往外挤话，外头等着！

卫明哲对虹姐端上来的茶水扎啤都不屑一顾，这会儿屋里已经坐了几个客人，大家跟商量好了似的大声不吭，竖着耳朵听这边的动静。白小蕌闹的这点事尽人皆知,他们都齐刷刷地关心下文。也是,这比什么菜都下酒。

卫明哲没开口,从包里拿出一个信封,扔在桌面上。桌上有水,信封很快洇湿了一小块,里面的钞票若隐若现。

卫明哲终于说话了,就四个字,少管闲事。说完站起来就走,从头到尾都没把虹姐放进眼里。虹姐依旧坐着,旁边的人大气不出地看着,虹姐还坐着。如果她没猜错的话,信封里的钱应该比她当初随礼的十倍还多。是,有钱就是牛,有钱人可以想恶心谁就恶心谁。

后来想,如果那会儿卫明哲真走了也就算了,谁知道走半道又拐回来,把屋里的寂静踩碎,碎片飞溅,趾高气扬的架势让每个人都开始同仇敌忾。卫明哲把众人的安静当成了敬畏,于是更加嚣张,上下打量虹姐,这倒是看进眼里了,看够了才说,你觉得他还能看得上你?虹姐怪笑一声,抓起信封扔过去,信封砸在卫明哲身上,然后落到地上。卫明哲转头就走。她这次真走了。

要是卫明哲好好地做个人,好好说句话,也就没后面的事了。大老远跑来这儿耀武扬威,当着街坊四邻让虹姐有口说不清,以后再闹成什么样,可就不是谁的错了。这些话虹姐是对老孟说的。说完她把信封扔在了他的院长办公桌上。老孟愣了一下，问，你们这帮女的，到底想要干什么？

虹姐差点笑场，我们这帮女的？难道这一切都跟他无关？难不成他还是受害者？

虹姐妥妥地坐着，笑呵呵地看着他。就等你问呢。来之前她跟白小薷都商量好了，这事没必要一直闹，但也不能就这么算完。"你和卫明哲必须得道歉，给我们道歉，该给的赔偿得给，不然就去找记者，白小薷说你这医院新闻还不少呢。真要闹出去，怕不光是钱的事吧？"

虹姐的话让老孟脸色苍白。两人心里都明白，以前那点情分，现在已经烟消云散了。各自纳闷，当初怎么就瞎了一双狗眼？

老孟到底是上门女婿老江湖，再开口声音就柔了，虹啊，你真的这么恨我？

虹姐彻底笑场了。原来打从她坐在他面前，他就和卫明哲作同样想，以为眼前这个装扮得体的女人是余情未了怀恨在心故意捣乱。哪跟哪啊。

老孟说，白小薷一个农村孩子，哪儿知道找记者的事，是你出的主意吧？你到底想干什么？咱们到底是老朋友了，你看在以前的分上,也不好落井下石,你说是不是?

虹姐忽然累了,不再废话,抬腿就走。剩下的让他自己看着办。医院大厅人头攒动,自动门开开合合,冷气和热气碰撞缠绕。虹姐知道老孟是怕曝光的,以为这件事就此可以做个终局。走出门,阳光砸进了怀里,把那点心凉暖了过来。

可惜她忘了一点,老孟搞不定卫明哲。

8

卫明哲起头只是想教训一下不知深浅的白小藚,顺带帮老孟解决一下麻烦。她因为心里和外头早就有别人,所以多少觉得对不住老孟,正好以此补偿,算对得起夫妻多年的情分。没想到白小藚是个吓不住的,事情越闹越大,还把她的秘密曝了出来。

老孟乐不乐意她已经管不了了,她最怕三个哥哥拿这事当话把儿,撺掇老爹不给她分遗产。这些年老爹身体越来越差,他们自己斗得跟乌眼鸡似的,但也总没忘她才是那个泼出门的水。他们最后达成了基本共识,把她踢出局,三人再内斗，输赢都能多分一成。她本来打算借着离婚的由头搬回娘家，看住自己该得的那份家业。哥哥们再绝情，面上总不好把她这个被男人抛弃的可怜妹妹撵出去，可他们要是知道了她外头也有人，这事儿就不一样了。卫明哲闭上眼睛都能想出他们幸灾乐祸的嘴脸。要是再跟保守的老爹耳朵边吹吹风，说什么女人有钱就学坏，她可能到最后连一个子儿都落不下。

卫明哲绝对不许这种情况发生，所以，她决定这婚先不离了。只要不成既成事实，就有回旋的余地。老孟哪里知道她内心的弯弯绕，只觉得这些日子天上一脚地上一脚，他有些蒙。

道歉是绝不可能道歉的，绝不能认了没理。卫明哲强调这一点，还有半句没说出口：绝对不能让哥哥们抓到一点把柄。老孟理解不到位，只会点头。医院这些日子多了好几起投诉，有说费用高的，有嫌耽误了病情的，老孟带着公关部的几个人四处灭火，家里的事，他全由卫明哲说了算。

甩手掌柜也要问一句，她们要真找记者呢？现在医院可经不起火上浇油了。卫明哲冷笑，吐出一个字，敢?!

9

白小菖真把记者找来了，约在酒馆。记者看着年轻，一打听确实没毕业，在晚报实习呢。小伙子眼睛不大，透着机灵，张嘴就说，姐，你放心，我们现在就是要跟这些仗势欺人的恶势力做斗争。虹姐有些哭笑不得。

白小菖拉着虹姐往厨房钻，贴着耳朵根说，就是吓唬吓唬他们，你不是说老孟最怕这一手嘛，只要消息传过去，他们肯定能低头。虹姐点点头，这样当然最好，但是直觉告诉她，可能没这么容易。人活一辈子，从来没有容易的事。

等两人从厨房出来，记者对面已经坐下了一个人，都熟，但恨不得一辈子不认识的人，陈波。

陈波抽烟咳嗽抖二郎腿，让记者最好记住他说的每一个字，比如虹姐是如何虐待公婆导致家庭矛盾；如何巧施手腕骗了他家的房子又把他扫地出门的；再比如虹姐是如何水性杨花，开酒馆目的就是勾引男人，并由此推断她介入白小菖和老孟之间的纠葛，也是想找机会和老孟再续前缘。

认识这么多年，虹姐从没见过陈波如此逻辑清晰口齿伶俐，真心想鼓掌了。

记者拿着录音机，兢兢业业勤勤恳恳，脸上还挺兴奋。这些素材够他弄一出教育世人的反面教材了，说不定还能以此冲业绩拿下众人竞争的转正名额。

白小蕾抓起旁边桌上的扎啤就冲过去，劈头盖脸砸在陈波身上。白小蕾说，你放屁。

陈波站起来，啤酒顺着头发滴答。他竟还有心伸舌头舔干净。他只跟记者说话："还有什么想知道的，随时联系我。记住，她们都不是好人，你是文化人，别被她们骗了。"

陈波走的时候还从冰箱里顺了两根红肠。虹姐拦住想要继续动手的白小蕾，毕竟是当着记者的面，不能把有理变成没理。陈波缩在记者身后，说出了他早就想好的一二三条：复婚，卖了酒馆分钱，再不跟卫明哲作对。

虹姐明白了，裉节儿在这儿呢。他不知道收了卫明哲多少好处，才壮了贼胆子，冒着被一街债主子抓的风险跑来。虹姐懒得跟他废话，给了白小蕾一个眼神，白小蕾冲进厨房去找菜刀，转身踩着冲锋的步伐跑出来。陈波落荒而逃，临走还撂狠话，你给我等着！

白小蕾手里捏着菜刀警告小记者不许瞎写，不然就告他诽谤。虹姐讪笑，白小蕾还真有进步了，连诽谤都知道了，这算好事吗？

小记者忙乎半天，看了一场笑话，心满意足，点头答应，礼貌告辞。就算不能登在自家报纸上，他估计也能添油加醋写成"知音体"——《世道沦落，报应不爽，恶媳妇虐待老人，前夫奋勇反抗》。唯一遗憾怕是他今天没带相机，不然妥妥弄几张现场照，提升精彩度。离开前他留给虹姐一张名片，说有任何新闻第一时间通知他。白小蕾二话不说直接把他推到门外。

白小蕾问虹姐，要不要喝点？

虹姐想，这日子口，应该喝点。

10

会武街的女人都擅饮，山东血统东北风情，拿起酒杯就是巾帼，不过碍着平日里爹丈夫兄弟管着，不敢太尽兴。

虹姐也一样，在娘家当姑娘的时候，规矩是不许女人上桌，更不许女人喝酒。嫁给陈波后，要照顾一家人，要上班，要做饭，要洗永远洗不完的衣服，更没有时间喝。后来离婚了，下了岗，开了这家店，偶尔累的时候自己喝上一杯，但总得顾及那些来或者不来的客人，总也不觉得过瘾。

白小蕾说，今儿我陪你，想喝多少都行。

三两下肚之后，她问，姐，你当初怎么看上了他？

虹姐从没看上他，严格点说，是虹姐的爸妈看上了他。当初也是一、二、三条摆出来，摆在桌面上，陈波是独生子，有工作，婆家离娘家近。婆家还有两间门面房。爸妈就她一个，指望养老，最后一条比什么都重要。虹姐答应相处试试看。

刚认识的时候，陈波不爱说话，进屋眼里有活儿，不到一个礼拜，他就带人来给虹姐家封了阳台。爸妈边给他递毛巾茶水，边说，差不多就定个日子吧。

虹姐想往后拖，多处些时间，多品品。妈哭了，以为女儿还是想抛下他们远走高飞，就像虹姐高中毕业想考外地大学一样。虹姐发誓不会，可爸妈要看行动。毕竟虹姐是领养的，隔了一层肚皮，始终不放心。

那就结婚吧。该报的恩得报，也不能让亲戚邻居都当她是白眼狼。现在想想，那会儿是真傻，特别在乎别人怎么说。要是放现在，管他们呢。

婚后的日子不说一落千丈，也差不多。陈波洞房夜就犯起懒，地上全是花生壳瓜子皮，让他伸手一起收拾，他瞪眼睛说娶你干吗的？虹姐当时心就凉了。可已经嫁了，日子得过下去，不能让外人看笑话。虹姐还有一层念头，兴许他慢慢就改了呢。看看，傻透腔了。

那年虹姐二十五岁，四个老人，爸和公公前后脚脑溢血，妈和婆婆常年高血压，陈波下班就去喝酒，虹姐一个人忙里忙外，折腾到半夜，还要把烂醉的他扶上床。虹姐成了远近闻名的好女儿、孝顺媳妇，可心里是不甘的，半夜睡不着，隐隐地疼隐隐地恨。还有一丝隐隐的期待，人都说有了孩子就好了，男人就长大了。那就继续忍。忍到陈波因为赌博被抓进了派出所，被开除了公职；忍到他变本加厉地喝酒赌钱，婆婆看不下去，跪着求儿子浪子回头，别再赌；忍到肚子里的孩子流掉了，债主逼上了门，一间门面房易了主……谁也劝不住了，虹姐说，要么离，要么鱼死网破，一家子谁都别活了。陈波怂了，签了字，拿了家里不多的存款跑外头潇洒去了,两年没见人影。虹姐离了婚也照样伺候公婆。婆婆死的时候说对不住,公公死前特意找来街道主任,当着大家的面说房子将来都给儿媳妇,以后就当没那个儿子了。公婆爸妈走的时候都说一句话,苦了你,以后好好过日子。

现在的日子算不算好,虹姐不知道,只能说这个酒馆她尽力撑着。日子尽量往前扑奔着。命里没有享福的八字,自己更要对得起自己。

白小蕾半晌没吭声,估摸着应该也明白,虹姐的话是说给她听的。

虹姐确实带了点酒劲儿,有些苦口婆心的意思了,她说这件事了了,你以后可好好的吧,你还年轻,好日子在后头呢。

两个人快喝多的时候,庄姐来了,急赤白脸地送信,刚陈波在她那边找了几个生瓜蛋子,要来砸店。庄姐叫老铁几个人盯着,先按住了,问到底怎么回事,为什么陈波能喊出谁也别活的话来。

虹姐半醉半醒,也明白什么叫断人财路等于杀人父母。陈波搞不定她和白小蕾,就收不到卫明哲的钱。债主子早就放话出来饶不了他，那笔横财是他翻身的唯一机会，他真是狗急了要跳墙。

庄姐一直记着虹姐每年过年给她家小宝一个红包的情分。亲奶奶亲姑都不待见的苦命孩子，虹姐从没嫌弃。庄姐说今儿她按住了，明儿呢，事不了，日子没个过。按照庄姐的意思，这得下狠手了。

虹姐这点酒算是醒了，解铃还须系铃人，这事要去找老孟，归根结底是他媳妇闹的，他们两个可别想跑。

虹姐琢磨起对策，庄姐帮着想辙。酒醒得不完全，没注意到白小蕌偷偷溜了。

11

白小蕌从庄姐的棋牌社把陈波拉了出来。年轻姑娘虽然喝了这么多，但小风一吹，脸上醉意就没了，只剩眼波流转，卸去了陈波满肚子怒火。他出了名的小心眼，白小蕌用醋瓶子砸他，用扎啤泼他，他都记着呢。可看着眼前这个姑娘，他到底没好意思板脸。

白小蕌说："哥，咱俩聊聊？你选个地儿？要是不嫌弃，去我家也行，喝点，聊会儿，好不好？"白小蓇歪头咬嘴唇，等着陈波的回答。

"我跟你没话。"陈波沉下脸。

"话说说就有了。咋的，你还怕我把你吃了？"白小蓇笑了，"不去算了。本来想说都是邻居，话说开，没想到你还是哥呢，心眼真小。算了，走了。"

白小蓇转身就走，没几步，听见后面脚步声跟上了。

白小蓇一直没退租，小单间灰尘堆积，昏黄灯光下别有一种用心。她开了柜子里的洋酒，在厨房找出半袋花生，陈波坐在床边看着她，拍着床沿叫她赶紧过来，别瞎忙。白小蓇一边给陈波倒酒一边问，哥啊，你别难为虹姐了，行不行？

陈波咽下口水，不知道是福至心灵还是鬼迷心窍，大笑了一场："我要不难为她，能进你的门？"陈波满嘴黄牙口气浑浊，手摸到了白小蓇的裙子下，白小蓇笑嘻嘻地把手打到一边，见陈波脸色要变，赶紧退了两步："哥，怎么也得洗洗，去，洗洗……"

陈波在卫生间胡乱冲洗，哪知道白小蓇在外头扯碎了裙子。陈波光着屁股走出来，只看见白小蓇拨乱了自己的头发蹲在墙角痛哭，边哭边喊，不要，求求你，不要。陈波傻眼，还没反应过来怎么回事，警察已经推开虚掩的房门冲进来了。陈波第一反应想跳窗户跑，警察飞扑过去，把他结结实实按在地上。

月光从窗帘上的破洞里钻进来，和昏黄的灯光混合在一处。白小蕌还在哭，声嘶力竭的，眼泪鼻涕糊了满脸，悲伤一览无余。最让警察和陈波想不到的是，她脚边居然还有皮鞭和点燃的蜡烛，胳膊上清清楚楚凝着三滴蜡油。这事儿可严重了。

陈波的叫天冤把月亮都吓跑了。楼上楼下邻居被吵醒，五楼悍妇直接从阳台泼了一盆洗脚水下来，把陈波浇了一个透心凉。

虹姐早忘了，但白小蕌没忘，她刚搬来会武街那天，先在虹姐的面馆要了一碗面，没零钱，虹姐也没要钱，说上车饺子下车面，算她招待的。白小蕌饱了肚子暖了心，不跟虹姐和会武街见外了。

白小蕌不能眼见人欺负了虹姐。

12

虹姐抱着宿醉的脑袋醒过来的时候，会武街已经炸锅了。闲汉们聚在庄姐的棋牌社交换各路传言。女人们守着楼洞口，一边择菜一边添油加醋。普通群众的想象力得到了最大程度的发挥。真相更加扑朔迷离，不过好像也没人太在乎：陈波被抓了，大好事！

酒馆还没开门，满屋飘荡着隔夜的酒精味，虹姐赌咒发誓下次再也不喝。庄姐从自家泡好了蜂蜜水送来，一并把刚发酵的新闻带了来。庄姐有点八卦地问："陈波还有这爱好呢？"虹姐头更疼了。

干了整杯蜂蜜水，冲了一个凉水澡，虹姐人明白了些，大概想清楚：白小蕢是要给自己出气才弄出这场事故来。其中真真假假不好说，可警察也不是吃素的，如果陈波破罐破摔再胡乱添油加醋，白小蕢不得偷鸡不成蚀把米？虹姐不能眼看着不管，立马换好衣服出门，准备帮有想法的白小蕢收拾烂摊子。庄姐也闲不住，接下来的戏得有个帮衬的。

印象里昨天好像还是闷热的，今儿走出来，街上已经有了落叶，踩上去发出细碎的断裂声，秋天来得猝不及防。

会武街的回迁楼颜色斑驳，透着颓唐和疲惫。邻居们挨着墙根儿晒阳或躲阴，把身子隐成了墙面上的剪影涂鸦，浑然一体，个个目光炯炯，一路送虹姐到街角。虹姐回身冲他们笑，他们又齐齐掉转了视线，生怕麻烦从天而降。

他们想多了，虹姐其实是在找老铁。

老铁的蹦蹦车停在街尾柳树下，人坐在马路牙子上，拐放在一边，嘴里塞着半个肉包子，好像钓鱼的姜太公。收了虹姐点出来的五百块，他答应今儿一定把那个小白脸找到。语气之笃定，让人确信他早就摸清楚了卫明哲情夫的底细，等着这一刻呢。

虹姐转身叫了出租车，直奔报社。小记者留下的名片有用了，接到呼唤，他两三分钟就冲到报社大门口。虹姐直言，要不要写个大新闻，保证一炮而红的那种。小记者兴致高昂，只提出务必给他五分钟准备时间，这次他要置齐装备，照相机、录音笔，一个都不能少。

庄姐已经到了医院，上次虹姐来就发现医院咨询台有好多人围着，嚷着要见院长要退钱，还有人说医院草菅人命。虹姐让庄姐先去等着,见到人就赶紧留住。等她带着小记者杀到医院的时候,庄姐已经成功组建了一支家属投诉队,正在齐心合力对抗保安。场面混乱不堪,医院很难维持运转秩序。小记者兴奋得脸颊通红,捧着照相机冲过去说这就够用了。虹姐只用站在一边,她知道,很快老孟就会出现了。

老孟没下来,虹姐被请进了院长办公室。老孟气急败坏,头发乱糟糟的,露出头顶将秃的痕迹,白色衬衫袖口居然有了黄色汗渍,闪亮的袖扣也掉了一颗。虹姐知道他最近日子不好过,但没想到已经如此狼狈。

老孟从喉咙底下吼出来:"你到底想干什么?"

大家都喜欢讲条件,虹姐没那么多一二三,瞄了眼墙上挂着的"禁止吸烟",特意从包里翻出一根烟,点着,不抽,光烧着。老孟眼睛都要冒血了。

烟烧到一半的时候虹姐开口,就一条,让陈波认了。反正也是未遂,关不了多久。

老孟没听明白,虹姐长话短说:"卫明哲找陈波来威胁,白小蕾才出手设计了陈波,现在我要救白小蕾。懂了吗?"

老孟仰天长叹:"你们这帮女人,你们是想搞死我吗?"

虹姐想了想,没否认。如果这是帮白小蕳需要付出的代价,他也没什么好委屈。

老孟还是那句话,他搞不定卫明哲。虹姐点点头,她信,不过她更信卫明哲不会拼着自己名声扫地破大财,跟白小蕳过不去。虹姐说:"到底是你家里的事,绕过你不好,对不对?"

虹姐笃定淡然,揣测老铁这会儿已经扣住了小白脸,她攥着卫明哲的底牌和败笔,也让老孟所有虚扛的面子一败涂地。

虹姐看老孟脸色灰败,多少年累积在心里的怨突然都松动了。她再不是委曲求全,吃多少亏也对这世界失望不绝望,最后却把自己逼到死角里的好人。借着白小蕳胡乱搭的台,她狠狠地扬眉吐气了一把。原来逼别人入死局,心里如此畅快。

13

事情得偿所愿。在和卫明哲艰难通话后,老孟告诉虹姐，你赢了。你真他妈的行。这是虹姐第一次听见老孟说脏话，要知道，他可是那么斯文的一个医生啊。

老孟一直不依不饶：为什么非要搞我，你可以直接去找她的。其实他心知肚明，虹姐总要帮白小蕗顺便报个仇。

卫明哲承诺帮陈波了结所有外债，另外再给他开一个十万的户头，以此换来陈波心甘情愿认下莫须有。他委屈，但觉得值，继而又想，正好可以免除债主的追讨，更值。山东庙派出所的警察们都知道陈波的根底，打架赌钱闹事，何况现场他被按住的时候确实一丝不挂，说冤枉也不冤枉，因此无心硬追究。可惜焦所眼里不揉沙子，非要闹清楚根由，关上门单独审陈波。陈波也是个要钱不要命的，屎盆子自己扣得严严实实，让想伸张正义的焦所都无从下手，最后只能骂了一声娘，让他爱死不死吧。

白小蕗当了一把受害者，录笔录，按手印，笑嘻嘻地走出来。她披着大波浪，穿着黑色裹身裙，一摇一摆走在会武街的秋天。树叶随风落下，被她抓在手心，叶脉枯萎，叶片易碎，掌心里的碎片被风吹散，转眼失去了踪迹。她眼角余光落在腿上，忽然想起自己所有的丝袜都钩破了，秋天了，需要再添置一批，不过还是很快会破掉，像那些叶子，凋零是宿命。她突然有点说不出来的难受，为了那些总是坏掉的丝袜和那些粗鲁又大力揉搓的手。她想换一个活法了。

小记者的接连报道让老孟的医院被相关部门盯上。医院进驻了检查组，老孟也被董事会开除，每天都要按时去交代问题，很快憔悴到两鬓斑白，颧骨突出，和风流倜傥再不沾边。他和卫明哲离婚了，到底存了一点人心，没把卫明哲出轨的事张扬出去。卫明哲也投桃报李，自动净身出户，以一个完美受害者的姿态回到了娘家。看着女儿被男人背叛，被小三欺负，当爹的心疼坏了，答应给她多点身家，让她好好过下半辈子。三个哥哥咬碎牙，也得等些日子再想办法翻盘了。

白小蕌打算离开会武街，走之前来跟虹姐告别，她说要回南方，自己还没去过四川，想看看那里的风光，尝尝正宗的川菜。她说妈也回去，她们要一起做点小生意。开个面馆，学你，好不好？"姐啊，兴许以后就见不到了。你帮了我，我都没办法报答你，真是不好意思，你不介意的，我知道。以后等混出名堂了，我再来看你。"

虹姐嘴上说滚滚滚，以后可别回来，天高海阔，能飞多远飞多远，才不枉费了活一场，心里还是有点舍不得。虹姐不觉得自己帮了她，倒觉得某种意义上是被她帮了忙。这就是缘分吧。其实虹姐想说，日子这么长，得有个计划才好。可又一想，活了半辈子，所有计划都经不起推敲，想得再周全，风吹草动也容易变成一盘散沙。各人有各人的活法，将来到底怎么样，走一步算一步吧。何况虹姐可以确定，有想法的白小蘁不会轻易被人欺负了去，这样就很好。

　　白小蘁走了没多久，虹姐弄了个一人高的大灯箱，高高挂起，酒馆的招牌超过会武街其他买卖家一头。入夜老远就能看见，生意更加兴隆。天凉了，虹姐和厨子商量，打算添上酸菜火锅，再弄点血肠白肉。红红火火热气腾腾，兴许这六张桌转年就能变成十二张、二十四张，兴许更让她扬眉吐气的日子很快就会来了。不管怎么说，该过去的都过去了，往事不记，挺好的。

顺手的位置还有一瓶老雪花。他们的老婆一般起床气十足，头发干枯焦黄，腰身粗壮，嘴角有些没洗干净的白沫，或许是牙膏或许是唾沫，或许二者皆有。她们哑着嗓子骂："你还叫个人？老娘这辈子真是瞎了眼跟你过！"边说边狠狠踢翻空酒瓶。酒瓶撞到墙角，发出闷响。他们会有短暂的恍惚，当年娶的不是一个温柔贤惠的姑娘吗？怎么现在连样子都变了。他们在心里哂笑，往嘴里倒酒。

中午聚集在庄姐的棋牌社，打一毛钱的小麻将，十块钱一锅，有一家输光了便重来。没谁倒霉到连续出锅，玩上半天，输赢也就十几二十块钱，还能白吃一顿午饭。庄姐下岗前在车辆厂食堂上班，擅长大锅菜。一人一份，白菜萝卜土豆肥猪肉，米饭管够。这样的饭，庄姐会另外装两个饭盒，压得紧紧的，找闲人帮着送到小梅家。这是小梅和老孟一天的口粮。总有人一边剔牙一边开口："可惜了，那么好个人。"其他人集体陷入沉默，像回到了时间的河，被流水堵住口鼻，窒息，绝望，怅然不休。当然，也只是一瞬，很快他们就再次进入鏖战，为了几块甚至几毛钱问候对方祖宗八辈，摔牌，砸桌子，揭老底。

"当谁傻×？你他妈的天天晚上偷工地的钢条，派出所没找你，偷着乐去吧。"

"拿你妈的劳保去方形广场找鸡，你他妈也算个人？"

"吹什么牛×？你媳妇儿在外头靠啥挣钱，你心里没数？"

话到这一步不动手就说不过去了。庄姐往往在这时及时开口："要打出去打。"

他们互相拽着脖领子到门外，分不出是谁先挥出第一拳，最后总有人应声倒地。过路行人看热闹，扔下两个字"傻×"。这下怒气全掉转到路人身上，可他们不敢对路人奉上拳脚，只好彼此化了干戈，一个悻悻地摸出烟，另一个掏出打火机，两下头凑在一处，打火机的火光像和平女神手中的火炬，他们抽完烟，各自拍拍身上的尘土，继续打麻将。

一晃又到了傍晚，夕阳跑得快，和下班赶着回家的人一样心急。没多一会儿天渐暗，绳索一样的彩灯迫不及待错落亮起，挂出一街底气不足的虚假繁荣。他们离开了牌桌，总有赢家，反正不是你就是我，总要一起喝顿酒。他们走在街上，目光肆意，像出门捕食的老兽，专逮不知好歹碰过来的猎物，只要有视线或有心或无意地转来，就能得到一声含着痰音儿的暴喝："瞅啥!"正经东北人说话不喜欢带主语,费劲。"猎物"不回答,也无意招惹这些光脚不怕穿鞋的爷们儿,转身落荒而逃——没被讹的瘾。他们带着浑身污浊的烟味,满足了久违的傲气雄心,也哀叹世风软弱,男人都没了爷们儿样。他们继续捕猎,把这当成了最好的傍晚游戏。

晃荡到夜市,夜忽地就厚了,小梅拉着装了轱辘的音箱举着电喇叭走过来,每一步都踩在《何日君再来》的点上。涂抹过度的白脸红唇,脱了丝的长袜,过了时的黑底白点连衣裙,焦黄干枯还要勉强披肩的头发,她的落魄和苍老暴露无遗。她直勾勾盯着他们每一个,眼神长出钩子,嘴唇嚅动着,这次他们站在原地,露出一点看不出的笑意。他们仿佛看到了多年前那个风姿绰约的姑娘,这很奇怪,模糊的记忆只在小梅身上恢复清晰。

三十年前,小梅是灯泡厂厂花,灯泡厂虽是街道小厂,可效益好,又有离家近的优势,是会武街乃至山东庙地区待业青年的首选。小梅在厂里当出纳,这是人人羡慕的肥差,穿白衬衣戴套袖,指尖偶尔留有钢笔水渍,四角星样的蓝点,透着文雅秀气。他们中好几个当年都曾追求过她,剩下的是想追没胆子，可惜没一个入得小梅的眼。他们也不生气，因为都知道自己不是这么好的姑娘的归宿。

小梅如今在夜市唱歌，街上陌生人看过来的眼光带着好奇或厌恶，也有人把她看成疯子。可他们知道小梅好着呢。他们静静地等着，如果有人胆敢对小梅无礼，他们会扔下酒杯，挥出拳头。

2

二十世纪八十年代，从南方吹来的风撩拨着人心。会武街胆子大的年轻人和其他地方的时髦青年一样，穿上了蝙蝠衫喇叭裤，戴上能遮半张脸的蛤蟆镜，镜片上的商标是不能摘的，不然不拉风。他们扛着录音机一路招摇，在路灯下一边扭屁股一边打量经过的漂亮女孩，看上了就截住："老妹，有对象没？你看哥咋样？"女孩骂："滚，不要脸。"骂完快步跑开，他们也不追，哈哈一笑，等下一个出现。

小梅不赶时髦，滥大街的东西入不了她的眼。她喜欢看杂志画报上面的电影明星照片，不看脸，只看她们的穿着。她挑出喜欢的款式来，自己裁剪，穿出去成为会武街一带最招风的姑娘。爹娘都骂,不让她这么穿,她不听。爹娘就这一个女儿,惯常当掌中宝,又没真闹出事,便也由她去了。

小梅在上下班路上被截过好几次。头回怕,老孟那会儿还是小孟,从街边蹦出来,一手捏住她的车把,险些让她从车上摔下来。旁边有几个人围成半圈看热闹,小梅又气又羞,挣扎了几下都没能挣脱出来。她抬眼看,小孟一脸坏笑。

"走啊,哥带你玩去。"

"松手。"

"别装相。"

"松开!"

小孟把小梅拽下了车,自行车倒地,车轮空转。

"妹妹什么意思啊,一点面子都不给?"小孟脸上挂不住了,街面上的混混要面子,兄弟们都看着,小孟觉得丢人。

小梅认识小孟,会武街上还真没人不认识他。老孟家独苗,仪表堂堂不务正业,连他爹提前退休给他挪出来的公交公司的岗位也不要,成天带着狐朋狗友在街上瞎混,打架闹事截女孩。最严重一次是在天光电影院,他和几个三经街的混混为个姑娘打起来,差点把人眼睛打瞎。老孟花光了全部积蓄搭上了一辈子攒的人情,才让宝贝儿子免于牢狱之灾。本还指望他能痛定思痛痛改前非,哪怕去干个临时工,也算有个正经营生,可小孟依然故我。邻居经常能听到老孟声嘶力竭的吼叫声:"滚,死到外面去,我宁可绝户!"小孟滚了几天再滚回来,妈病了,见不到他,妈活不下去。小孟心疼妈,发誓将来一定出人头地让老太太吃香的喝辣的。妈眉开眼笑,脸颊带泪。可这种临时上头充血下发的誓言作不得数,没过几天,骂跑病回的故事就再度上演。

简单来说,小孟是会武街的反面典型。有些家长用他来教育孩子,长大了学谁都行,可别学他;也有家长用他来宽慰自己,自家孩子笨点懒点,但好歹还有个班上,至少不像他。

小梅看着小孟一脸的吊儿郎当,也看出了藏在背后的气恼,心里七上八下。小梅不傻,知道不吃眼前亏。

"哥,别闹,都看着呢。"

"唱个歌,放你走。"小孟打开了录音机,双声道四喇叭里放出了《何日君再来》。

都知道小梅唱歌好听,据说沈阳音乐学院的老师曾经看中过小梅,想招到门下培养出个歌唱家,可惜小梅文化课太差,爹妈又不想让自家闺女抛头露面,总归是没成。小梅哭了两天,为虚幻的似锦前程成了泡沫。哭过就好了,她还有自己的日子要过。

小梅勉强唱了一句。一句就够了。小孟松开了手。小梅回了家。

"这是我亲妹子哈,以后都照顾点。"

小梅听见小孟使劲嚷嚷,听见旁人稀稀拉拉地答应。

二回被拦住,还是在那个路灯下头。灯泡厂发工资的日子,小梅加了会儿班,出来时天已经黑透了。小梅一边骑车往家走,一边琢磨礼拜天去联营公司买条黑色脚蹬裤。本来不想买的,还是那句话,人都穿,她穿还有什么趣?可今儿被同志点醒了,那些鸡爪子胡萝卜样的腿都敢穿,她又长又直的腿为啥不穿?她穿了,好让她们知道知道啥叫美,啥叫丑。小梅想着,忍不住笑了,还没笑够,车子被小孟一把抓住。小梅脸上的笑容没来得及收回去,停在弯弯的眼角嘴角,小孟忽然看愣了,片刻过后,还是嬉皮笑脸。

"老妹，走，跟哥看电影去。"

小梅从小孟眼里的贼光看出点东西，心里忐忑了。"我妈病了，等我回去送药呢。"小梅顺嘴说了句瞎话，知道小孟孝顺，借此躲了这顿纠缠。后来小梅上下班宁愿换条绕远的路，惹不起躲得起。谁知道另一条路也有另一个街溜子，一样抓车把，一样要求"吃饭喝酒看电影"，不一样的是没小孟那么好说话。小梅刚骂了句"流氓"，对方就一巴掌呼了上来。小梅掉眼泪，正以为无处可逃，小孟带着几个人冲了过来。"走你的！"小孟扔下三个字，狠狠用拳脚招呼那人。小梅确实跑了，没回头。第二天听说小孟被抓进了派出所，罪名是聚众斗殴。小梅心里挺不是滋味儿，上班走了神，账记错了，被厂长教训了一顿，才算缓下了一点愧疚。

两个月后小孟从看守所回来，又是嬉皮笑脸，抓着小梅的车把："下礼拜三，我过生日，老妹不能不给面子吧？"小梅觉得小孟瘦了点，黑了点，更显得牙白，其他并无变化。她琢磨了一会儿，点了头。她记着小孟的人情呢，该还总要还，不还心里不踏实。

3

那天小梅穿了一件黑底白点连衣裙,是她自己按照杂志上电影明星穿的样子做的,裙摆大,转开了像把伞。街上再时髦的女孩都没见过、没穿过,只有看着咽口水的份儿。小梅给小孟准备了一支英雄钢笔当礼物。这算是谢礼,也算是还礼,两清,将来也省得牵扯。小梅又想,要是小孟喝点酒,说出过分的话,她是不会答应的。可当着那么多人的面,生让他下不来台也不好,要是再喝多了酒,毛手毛脚的,自己还会吃亏。想到这儿,小梅拉上了最好的朋友丽娟。丽娟不想去:"那些臭流氓,你怎么跟他们搅和在一起?"丽娟翻了一个白眼,她眼睛不大,黑豆一样,聚光,脸有些塌,皮肤极好,总有人误以为她是朝鲜族。丽娟顶看不上那些不三不四的人,她可是好人家的好女孩,洁身自好,严于律己,绝对不会行差踏错。

丽娟说:"要不咱俩逛街去吧。要不你说你爸妈不让。要不说我爸妈不让。"

小梅岔开话头:"你觉得我这裙子怎么样?下个月开工

资,我给你也做一条。"

丽娟说:"我这可都是为了你。要不是你,我一辈子也不会搭理那种人。说好了,就一次,最后一次。"

小梅嘻嘻笑,点头应。丽娟喜欢夸大其词,喜欢大惊小怪,喜欢讲一辈子,喜欢别人欠她的。小梅想,丽娟活得比一般人都开心。丽娟换了好几身衣服,几乎把立柜里的衣服都翻出来,灰灰蓝蓝,工作服居多。最后丽娟坐在床边生闷气,小梅帮她挑出一件小圆领衬衫、一条蓝布裙换上,又把自己的纱巾系在她脖子上,才把她拽出门。

小孟没为小梅和丽娟迟到了一个小时生气,看见两个人出现在街口,他奉上了响亮的口哨。路人侧目,小梅在丽娟通红的脸上看到了一丝喜悦。小孟把小梅和丽娟带到了南市场一栋旧圈楼里,看样子应该是哪家工厂的库房,货物不多,都堆在墙角,顶棚上挂着五颜六色的拉花,也像是厂工会联欢后剩下的。高高的几扇窗都糊上了报纸,里外不透光。人不少,男的穿着花衬衫,能扫街的喇叭裤。女的刘海儿高高吹起,宛如额头上盛开了一朵菊花。多数人手上夹一根细长白杆烟卷,也不抽,就让它么点着,一点白烟在身边绕来绕去,带着点浑不吝的范儿。他们觉得这叫洋气。丽娟看得直吐舌头:"这都什么人啊,这也太吓人了。"话虽这样说,声音里却有藏不住的一丝兴奋。

小孟满场飞,和几乎所有人打过招呼后,屋里的灯熄灭了。音乐声在黑暗中炸响,掺杂着女人的尖叫和男人的口哨。小梅后悔了,决定拉着丽娟离开,她以为丽娟一直在她身边,在伸手就能够到的位置,可当眼睛习惯了黑暗后,她才看见丽娟正跟一个陌生男人一起站在舞池中央。

小孟像往常一样嬉皮笑脸地蹭过来。"今天必须给我唱首歌。"他理直气壮。

"行。"小梅这次爽快答应。生日大过天,谁让人家是寿星呢。

是什么时候警察冲进来的?小梅后来怎么也理不清楚,只记得忽然一下子门破了,手电筒的光直怼在脸上。音乐声停了,有人在奔逃,往门外冲,被守在门口的警察一脚绊倒,按在地上。女人们开始尖叫,男人们开始骂娘,吊在棚顶的拉花摇晃着,碎了。小梅和小孟被铐在一起被人推搡着进了派出所。小梅一直哆嗦,因为太害怕,含着眼泪又不敢哭出来。

那是一段因为回忆太多遍而在脑海中越发混乱的记忆。

细节因过于清晰，反透出了虚幻，能够笃定的只有无法更改的结果。小孟因组织地下舞会有害风化被定为流氓罪，判处无期徒刑。丽娟牵涉其中但因是初犯，被判三年劳动教养。小孟却在供词里表示小梅是被他骗来的，小梅因此仅经教育后便无罪释放了。

走出派出所，小梅才掉下眼泪，怕，悔，不知所措。回家路上经过青年公园的人工湖，甚至有心想要一了百了。她不知道该如何面对爹妈，如何面对邻居。她觉得自己一辈子都毁了。因为心里还存点侥幸，终还是没死，毕竟连警察都说她没罪。她是受害者，她一遍遍在心里笃定这个念头，她恨小孟，可想到也许一辈子都不会再见到他，心里还是沉了一下。

4

虽免了牢狱之灾，小梅还是毫不意外地成了会武街左邻右舍的众矢之的，不光丽娟家里三番五次来闹，连老孟头也拄着拐棍跑来撒泼。小梅爹在屋里叹气，每声咳嗽都藏着骂音，骂闺女不争气，丢人现眼，让一家子没法做人。

小梅娘出去迎客，硬话软说，对老孟头是讪笑，自家儿子什么操行自己心中有数，政府也明白，哪儿是一个姑娘家能做主败坏得了的？对丽娟妈则是一连声地叹息，早说不让俩丫头在一处玩，打眼一看不是一道上人，丽娟矮又笨，多吃亏？边说边用扫帚打裤子上没影的尘，把护犊子和莫管他人瓦上霜踏踏实实拍给他们看。对面两个被怹得直后退，嘴里问候他们家十八代祖宗。小梅躲在窗帘后看着听着，又臊又气，眼泪掉了一箩筐。

小梅娘还跑到灯泡厂，坐在厂长办公室，磨了小半天，从养女儿不易说到政策法规，翻来覆去其实就一条，人家派出所警察都认为小梅无罪，厂里就不能随便开除人。真要是开除，那她一家老小保证吊死在厂长家门框上，上天入地谁也别想安生。厂长推了推鼻梁上的眼镜，长叹一口气，纠结再三，最后决定小惩大诫，不然不好交代——不让小梅再做出纳，到车间和那群半老婆子糊包装盒吧。之后小梅指尖再没沾染过蓝墨水点，只多一层糨糊。小梅娘眨巴眨巴眼睛，明白要见好就收。

娘回到家看小梅恨得牙痒痒。好好一个女孩养大了，本指望能跟着风光，却落到了这田地。听着娘的数落，小梅脸直发红。她是要强的，听到不耐烦了，梗起脖子抬起头："你放心，将来委屈不了你！""都到这步了，名声毁了，你还有将来？""名声算个啥？他们愿意怎么说怎么说，我没做亏心事！""你少跟我摆能耐，有本事去找厂长，继续做你的出纳啊。"娘吵架会戳心窝子，小梅不吭声了，爹又开始咳嗽，一家人愁云惨雾的，谁都没看见小梅心里的劲儿在暗中滋长。她想，"等过了这一段，才让你们知道我是谁呢"。

小梅的底气和笃定源自李忠。

5

李忠眼下在丹东当兵，还有两年复员回来。他是小梅对象，也是她翻身的底牌。两人是在两年前一次朋友聚会上认识的。李忠对小梅一见钟情，小梅觉得李忠也不错，高个子，浓眉大眼，一身军装算得上英武，但她担心两人异地相处，光靠写信，无法维持感情。没想到李忠实心眼，回到部队后一周一封信从没间断过，信上没有太多甜言蜜语，有时候还能写下一周食谱。小梅看着偷笑，倒也一笔一画在心里记下了这个人。

在读到第五十二封信的时候,小梅和李忠确定了关系。李忠得了探亲假回到沈阳,直奔会武街,带着小梅吃喝玩了三天,把沈阳城有的没的风景都逛了,甜言蜜语对天盟誓都说了。第三天下午,李忠带着小梅去了一处空屋,屋主是李忠家远亲,举家旅游去了,留下满满一屋子的暧昧空气,把两个人灌醉了。都是青春年少,干柴烈火,小梅实在没熬住,半推半就和李忠上了床,快乐又痛,让小梅落了泪。李忠说,你放心,你等着我。李忠说完,小梅干脆号啕起来,她又怕又悔。李忠还没从兴奋中走出来,脑筋转得慢,不知道哪句话说错了,惹人伤心,只好呆坐在一边,半晌没敢吭声。后来还是小梅自己收了哭腔,红肿着眼睛要李忠发誓,这辈子绝对不辜负。

这是一段甜蜜且隐秘的恋爱,小梅只对丽娟说起过,家里爹娘都不知道。不是不想说,只怕夜长梦多,万一李忠变心怎么办?丽娟觉得小梅有些过分谨慎:"你堂堂一朵厂花,人家爱都来不及,怎么会变心?"小梅叹口气,李忠要求进步,已经入了党,正在准备考军校,要是考上了,就是大学生加军官,到时候多少好姑娘从街头排到街尾,她又算什么？初中文化，街道小厂，除了模样没什么拿得出手。丽娟瞪起眼："他敢！那你就拿这些信到部队去，找他们领导，告他作风有问题，到时候看他不跪下来求你？"小梅惊讶于圆脸笑模样的丽娟会有如此手段，丽娟惊讶的是瞅着精明的小梅连这么简单的招数都不会。

好在李忠考上军校后，来信从一周一封变成了三天一封，小梅除了偶尔抱怨相见难，心里倒是笃定了自己的选择——情深意重都在纸上写着呢，只要踏踏实实等他毕业就好。李忠说到时候就打报告申请结婚，要小梅等着他。谁想一个不小心，居然发生了那种事……小梅被警察带走时怕成那样，一多半是担心闹大了，李忠会知道。所幸小孟承担了一切，她算逃过一劫。那会儿她没工夫多想小孟为什么如此，一心只想把那件事彻底忘记。

小梅在家看不到好脸色，在厂里抬不起头，唯有那些信可以支撑。最难熬的时候，小梅想，等李忠回来就好了，风光大嫁，带着军官丈夫在人前好好走一圈，让所有看不起她、嘲笑她的人都闭上嘴巴。

有盼头，日子就好过，小梅再不去看别人如何，只顾低着头一边糊永远糊不完的纸盒，一边琢磨自己的嫁衣。

红裙最招摇，所以一定要穿红裙，配上红色头花，市面上没看到好样子也不怕，照着《大众电影》自己做，谁让她有一双巧手呢。要不先买一台新缝纫机，李忠说学校给的津贴都攒着呢，早想寄给她，她之前不要，不想没结婚就手心朝上被人低看一眼，可自己攒的私房钱不够，要不少拿一点？反正将来也要陪嫁过去，这不算占婆家便宜。想到这儿，旁人不知所以，她低头笑了。

可是婆家什么样，小梅还不知道呢，李忠信上只说自己，鲜少提到家里人。记得有次听他说住在大东区204，黎明厂家属区。黎明是大厂，属于军工企业，所以拥有含义不明但意味丰富的数字代号。李忠有个已经嫁人的姐姐，父母都还上班，想来是通情达理的。她想结婚后应该也要搬过去，204到会武街骑自行车要一个多小时，算远嫁了。好事，起码风言风语刮不过去。

小梅天天想着，连蜜月里的一日三餐都琢磨好了，就是没想到周一早上晨会，她坐在最后一排拆开李忠新寄来的信，占据了一整张纸的两个豁大的字扑面而来：贱货。她啪的一声把信纸合上，引来一片好奇目光。她不敢动，又想自己是不是看错了，信封上分明是她的名字，笔迹也熟谙。深吸一口气，再展开，没错。那一刻，她脑海里炸了锅，台上厂长说什么，身边人笑什么，她完全不知道，满眼满心只有那样白的一整张纸，那么大的两个字。

厂长因为近来效益愈发差上火，张嘴正要开骂，到底是老练，一打眼看到表情茫然，脸上有泪的小梅，知道如此死灰样脸色怕是心里有大伤，改口说不舒服就回去休息吧。小梅点点头，又像什么都没听见似的站起身，在全厂人的注目下飘出去，手心死死攥着信，一路摇摇晃晃飘回家。

小梅躺在床上，眼泪顺着脸颊打湿了枕巾。他怎么可能知道？思来想去，其实只有一个可能，只是不愿意相信。那是她最好的朋友。从小到大的姐妹，她没做什么对不起她的事。她们一样是受害者……她凭什么这么做？

"没想到你是这样的女人，我恨你，这一辈子我都不想再见到你。"李忠的话字字锥心。

小梅病了，三天三夜高烧不退，爹娘终于急了，退烧药刮痧板下火汤，能用的都用上，只要闺女别病出个三长两短。好不容易退了烧，她不吃不喝，蒙着被掉眼泪，好像要把这一辈子的眼泪都流光了才肯罢休。爹妈轮番上阵，问什么也得不到回话。厂里来人看,传达厂长意见,如果再不上班,就要开除。这可是天大的事儿,她像没听见,不在乎。爹娘背过身琢磨,是不是撞了邪,这些日子如此不顺,只有鬼神之说才能解释的晦气霉运接二连三。这可耽误不得,赶紧花大钱请仙家,大神儿跳了几场,庙里烧了高香,还特意起大早到城外祖坟摆上供果烧足纸宝,请祖宗显灵保佑。

一番折腾下来,小梅没见好,丽娟妈倒是把原委张扬得整个会武街都知道了。"不要脸的想攀高枝,好不容易勾搭上了人家军官,还在外头不正经。这算什么呢,坑别人害自己,妥妥的一个克夫扫把星。"小梅娘忍不下这口气想出去对骂,被爹一把拽住了,老头一辈子要强,没想到最后成了整条街的笑话。

小梅还在床上躺着,听着爹的叹气娘的哭声,半个月没起来。半个月后外头传得更离谱了,说小梅是躲在家里坐小月子呢,肚里的娃不知道是谁的种。小梅娘没力气再骂,爹病倒了,病得凶险,抢救了几次还是去了,临走之前留下话,要娘带小梅回山东老家去。

娘整理行囊,走,人挪活树挪死,换个地方,自己清清白白做人。小梅擦干净眼泪，爹闭眼那一刻，她就把自己的伤心都掐断了。她得活，风风光光活，她凭什么走，她没做过一件亏心事！

娘一巴掌扇过来，小梅脸颊上多了五根手指印。"你想把我也逼死？"爹死后娘一下就老了，跌坐在椅子上，露出头顶一片白发。

"妈，我会让你过上好日子的。你信我。"小梅扯起一个笑脸，声音坚定。虽然这会儿她还不知道怎么才能实现许诺，可人只要活着，总会有办法的。

"生你养你一场，不指望你报答，也不拖累你。你自个儿可好好的吧。"娘还是自己走了。

很长一段时间里，小梅想不通娘为什么如此狠心。她们不是应该相依为命吗？娘却把她扔下了。她以为娘是怨她害死了爹，很久之后她才知道，娘只是不能忍受住在流言里。

6

岁月如水般流淌，几年光景，会武街拆迁，灯泡厂破产，人们先是惊讶恐慌而后接受。青年大街拓宽了，南运河清淤了，楼房好像转眼间就从地上长了出来。老街旧邻回迁，为争到更好的楼层、更大的面积吵红眼。不管过程里再怎么闹腾，最后都欢欣鼓舞地住进新家。会武街变了，又好像没变。一地鸡毛，热气腾腾。小梅却觉得这些都跟她没关系。

现在小梅是会武街最好看最有钱的女人，什么叫扬眉吐气，这就是了。她离开灯泡厂后带着娘留下的存折去了广州。她眼光好，第一次去选衣服，看中了黑边的白色毛衣裙，高领大开衩，透着不可言说的性感，那会儿她还不知道性感这个词，只觉得穿在身上会好看。她当模特穿样子，带着衣服到了客运站，还没等装车，就被一个四川商人看中，当场加价买走。小梅人没动地方，赚了大几百，当即决定留在广州，挑衣服，穿样子，帮那些不能来广州的人拿货，不需要太多本钱，中间赚的劳务一次就抵得上之前几年工资。四川商人常来，殷勤追求，他看中的不光是小梅身上的衣服，还有她这个人。小梅推了几次，有次还特意摆了席，想趁机会说开拒绝，没想到两瓶红酒喝下去，四川商人不无真诚地说："小梅，得有个人照顾你。"

小梅愣了一下，好久没有过这心思，简单一句话，把她心里断了的弦接上了。

小梅后来才知道四川商人有妻有子，闹过，哭过，收拾了东西准备一走了之。每次走到门口，都被他死死拉住，照例说些和黄脸婆已经没感情的话。小梅冷着脸说，你们感情好坏跟我无关，我没心思搅和在里面。他求她："给我一点时间。我一定离婚。"他说："我给你跪下，行不行？"所以还是没忍心，到底好了这一场。"多久？""一年……半年……一个月。"

一年之后又一年。一个月后又一个月。同样的场景上演一次两次三次，都有些厌倦。可是生意还要做，人跟人有仇，跟钱没有。他有天大的不好，还有一样好，每次赚了钱，都存到小梅的户头里，分钱的时候要小头。小梅开始还有些不过意，后来心安理得。

坏就坏在这儿，四川商人有个精明的妻子，她不在乎男人在外头拈花惹草，不过家里的钱一分也不能便宜外人。丈夫说生意好做，大半年时间留在广州，钱却不见多，这就有了鬼。她不动声色，暗中查到小梅的住址，天不亮上路，带着恨一路寻来。

小梅打了120，一个人住院，一个人手术。转天四川商人才来，诺诺提到那些分给小梅的钱。"按说不该给那么多，虽然是我也欠你，但钱拿不回去，家里的关我过不去……"小梅冷笑，她没找他们要赔偿已经仁至义尽，难不成他们还有贪心？他垂下头，"求求你，要不我给你跪下……"

小梅感觉到一阵心寒，手脚都冰了，她闭上眼，忽然发出尖叫，"滚。"护士闻声赶来，弄走了灰头土脸的男人。

小梅几乎很快忘记了这个人，连他的样子也迅速在心里模糊了。她用所有时间去想以后该如何。出院后，小梅只花了半天时间退掉出租房，带着不多的行李和这几年全部的积蓄回到沈阳。这些钱足够她把回迁的楼房按时下流行的风格装整一新，也够她在青年大街上盘下两个店面，一家卖成衣，一家做定制。成衣由广州工厂直接发货，定制则是专门请来的裁缝师傅按照她的设计打成样板衣挂在橱窗里。新鲜，别致，吸引体面人的目光。她们推门进店，三两句便可引彼此为知心，谁让小梅谈起装扮服饰来总是那么头头是道。顾客几乎不会空手离开，走之前也总会留下一句，有新款了一定告诉我。会武街的邻居们只能站在外头看，眼馋，心热，揣度她是怎么风生水起的。

猜测的话多半没有好话。有人说小梅傍上了大款，给人当小三儿；有人说小梅消失的几年是去了南方做皮肉生意，毕竟有前头那些不光彩的老底子跟着。"要是我，我也这么干。""你可真没人家这本事。""那是，人家是谁，我是谁？没法比。""咱也不比，好歹咱们心里踏实，晚上能睡着觉。"街坊们这么说着，心里舒坦多了，他们是穷，可有穷志气，吃着白菜豆腐也有理直气壮垫底儿。

这些人不知道，小梅晚上也睡得好，比他们还好。打扮得鲜鲜亮亮出门，有时故意让出租车开到楼道口，打开后备厢，成箱的海鲜、牛排、水果，她指挥司机往上搬，高兴了还把一大盒包装精美的巧克力直接散给孩子们。孩子们嘴甜，叫着梅姨真好，当妈的听到了，再生一肚子闲气。孩子哭，女人骂，男人在外头赚不到钱，回家也不得消停，好脾气的冷脸不说话，坏脾气的就摔盘子砸碗。日子过得鸡零狗碎，还得往下过。

小梅觉得这样的日子不错，不再为钱发愁，也没有其他烦心事儿，娘偶尔来信，说在老家舒服着呢，让她不用挂念。她甚至想可以交个不用谈婚论嫁的男朋友，不管人品条件，只要开心就好，但凡惹她不高兴，随手推出门。会武街的女人们后来常看见有人捧着花站在小梅楼下，也有人半夜喝醉了哭闹，喊你为什么不爱我？都是看起来还不错的男人，或年轻帅气，或成熟体面，怎么都成了小梅的手下败将？她们叹口气，扭头看看自家男人，下了岗，只知道喝酒，嘴里喷着臭气，似乎从没说过什么贴心的情话。凭什么她比她们开心？嫉妒让她们把看到眼里的细节添砖加瓦，互相传言。人们认定小梅风流，且一定会在不久的将来吃大亏。

可又怎样呢？小梅照样脊背直挺，光彩照人。她不觉得自己是坏女人，不跟他们认真是不想耽误别人。在尽可能不去谈感情的时候，享受点抚慰和温暖，错了吗？

7

转眼到了二〇〇〇年，人人都在谈论熊猫烧香，而在会武街沸沸扬扬传开的却是"小孟回来了"的消息。

小孟早应该回来。流氓罪三年前已经被取消，那会儿有机会提前释放。可惜他在里头不安分，打架伤人，还两次越狱外逃，一次逃到了监狱外头的田埂，一次差点逃上公路。就这样，刑期一加再加，同案犯减刑出狱，他差点要把牢底坐穿。

这样凶悍的人物回归，曾经说过闲话的，对孟家落井下石的，拆迁时候占了他家一间偏房的，都胆战心惊。人还没回到新屋，笑脸贴上来的已经不少。有人主动送来生活用品、柴米油盐。有人主动表示当初老孟两口子的后事都是他们帮着发丧的，街道没照顾到的，街坊四邻都想到了，没让老两口寒酸委屈。甚至有人来做媒，反正小梅也单着，当初你为了保她才担了那么重的罪，妥妥的情深意重，现在两人在一起成就一段佳话多好。小孟听了觉得好笑，把堵在门口的人都撵走，进屋对着空气给爸妈磕了三个头，蒙上被子昏天黑地睡过去。

小梅是赶着天黑街上少人才来的，敲了两下没人开门，坐在门口等着。这些年她没去看过小孟，觉得这辈子都不可能再见。见了面不知道说什么，也想和过去的自己切割干净。不是光彩事儿，记住了只会徒增烦恼。这会儿她不得不想，一会儿见到了说句什么合适？想不出来。

小孟出来找食儿的时候，她在门口都快睡着了。走廊的声控灯暗了明，明了暗，两人看着对方，都觉出一种陌生来。

在小孟眼里，小梅活成了妖精，快四十岁的人了，看着还是粉嫩娇柔的姑娘样，脖子上戴着钻石项链，眼里闪着光。她站在小孟跟前说："走吧，我给你接风。"坐久了，腿发麻，身子不由自主摇晃了两下，香味便飘散出来，钻进小孟鼻子里。

小孟愣住了。这些年她没去探视也没找人带过一句话，大多数日子里，他也把她忘光了。他当年把她择出去，不是因为什么深情，只能算是江湖义气。他截她，约她，有点好感，更多是因为好玩，哪个男人不愿意和漂亮女孩玩呢？既然是自己先开口约了姑娘，出了事，自然不能连累人家。他真是这么想的，所以也没想过回报，更没想过还有一步将来。

现在，这个将来就堵着门，眼睛水汪汪地盯着他，生勾着他往多了想。小孟一阵口干舌燥，喉结控制不住地上下滚动起来，突然猛地抱起了小梅，转身往屋里去。一切不过反正在瞬间。等反应过来，小梅踢他，咬他，拼命推搡。这误会太大了，她接不住。而这拼了命的抗拒甚至让小孟当成了鼓励。他看起来像发情期的兽，因为身子确实不争气，也因为小梅的尖头高跟鞋狠狠踢中了致命之处，最终败下阵来。

小梅惊慌地爬到一边，想自己镇定下来，整理衣服的手却止不住颤抖。满地浅灰月光，屋里尘埃飞舞喧腾，静了好一阵子，小梅看着瘫软的小孟说："今天这事儿我当没发生过。以后你别来找我。"

小梅走了，高跟鞋踩在楼梯上，发出嗒嗒嗒的声音，一下下撞击着小孟的耳膜。小孟颓唐着，从地上找到半截烟头，翻出火柴点上，一口烟喷出来，小梅留下的香味便模糊了。

那夜之后，小孟黏上了小梅，早上送晚上接，眼睛直勾勾看着来找小梅的男人，直到把他们都看消失。也有不甘心消失的，顶着劲儿看回来，小孟抓起石头就冲上去。小梅骂过几次："我们两清了，你这是何苦？难不成非要逼我走？"小孟不说话，还是用那双直勾勾的眼睛看着小梅。她也有些含糊，因为小孟目光太过执着热烈，像含着传说中的"爱"。小梅把记忆翻遍了，确认除了小孟，没人这么看过她。

"你想怎么样?"小梅声音发颤。

"陪我唱歌去。"小孟张嘴就来,"你还欠我一首歌呢。"

"听说如果不是为了保我,你能少判些年?"

"你到底去不去?"小孟转开了视线,似乎有些不耐烦。

8

有那么几年,在街坊邻居眼里,小梅和小孟算是一对儿了,还是正经过日子的一对儿。小孟用在监狱学到的手艺在汽修厂找了一份工作,小梅继续做她的服装生意。晚上小孟接小梅回家,手里拎着从饭店打包回来的餐盒。路灯底下,两人的影子拉得老长。时间久了,人见面直管小梅叫嫂子。

小梅心里有数,她和小孟啥事儿都没有,一直没有。小孟总不死心,夜里清晨,想起来就摸到小梅身上。小梅不拒绝,有时候还会轻轻抚摸他的背,手指一路滑下去,听着他压抑的喘息。小梅挺心疼,不是爱,是那种你看到街边流浪乞丐也会涌起的心疼。她想,这也怪她,下手太狠了。又想,早知如此,不如那次就应了他,也省得这么煎熬。甚至想,要不就这样过下去吧,都一把年纪了,搭个伴过日子,总比一个人好。

小梅想通了,对小孟就更好点,掏钱出来装修房子,给小孟买新衣服,话里话外带出些许关于未来的长久念头,比如明年一起去旅游,比如过两年可以换个大房子。她一天天踏实下来,没察觉小孟日增的不安和暴躁。

小孟快要被澎湃的情欲和失去发泄能力的身体折磨疯了。他是个正该活力充沛风华正茂的男人,却活得如此窝囊。在吃了药又锻炼了一段时间身体还没见好转后,他开始怨怼小梅。当年他是为了她得了重罪,现在也是因为她失去男人尊严——全都是因为她。是的,那盯着他的眼里不是柔情或思念汇聚的水汪汪,而是蓄谋已久的讨债和报复。可惜那夜太昏暗匆忙,他居然中了计。她牙齿撕咬脚下踢踹,是导致他无法人道的罪魁。这个歹毒的女人,居然在做出这一切后还敢霸占他的家他的床,分明就是要亲手毁他一辈子!

小孟每夜调动起心里最深的恨,这是比情欲更加汹涌的冲动。他爬到她身上,用力抓着她的肩膀,他想把她撕成两半,她却用手指滑过他的脊梁。恨意瞬间消散,他像被人抽去了骨髓，身体和灵魂同时瘫痪了。

他开始借酒消愁，这几乎是会武街的传统了，那些下了岗的，对现状不满又无力改变一切的男人，除了喝酒，找不到其他自处的办法。他们从早喝到晚，反正有两块钱一碗的抻面和五块钱一盘的鸡脖子来佐餐。小孟融入得很自然。他越狱的经历被反复拿来说道，几乎成为英雄传奇。这些被体制抛出局的男人，内心深处都埋着不满，所以把小孟当成了偶像来崇拜，甚至愿意从自己不宽裕的钱包里分出一张来给他添酒加菜。难得的是，他们的老婆也不会因此发火——小孟对小梅情深意重，两人历尽磨难，终成眷属，成全了会武街女人对男人和爱情的想象。小梅最终选择小孟，也让她们明白她还是她们中的一个，平庸，且甘于平庸。她们愿意自家男人和小孟在一处，事业和钱上已经不指望他们了，能学学人家，一辈子爱一个女人也好。

小孟带着被酒精催发的豪情回到家，又一次把小梅压到身下，试图完成不可能的壮举。在又一次失败后，他终于按捺不住心中的愤恨，狠狠打了小梅一个耳光。响亮的巴掌声撞击着墙壁，成为压垮小梅的最后一根稻草。小孟自然是不许小梅走的，变本加厉地拳脚相向，甚至威胁要让小梅的娘也不得安生。小梅冲进厨房拧开了煤气,说,要么放她走,要么一起死。小孟忽然有了胆怯,眼看着小梅决然跑出家门。冷风肆无忌惮地灌进来,小孟渐渐清醒:他什么时候变成了打女人的男人了?

小梅怕小孟找来,去酒店躲了几天。回来刚走到街口就有人慌慌忙忙跑来说:"你家男人走了,给你留下一封信。你说说,这都啥年代了,不能发个短信吗?真逗。"

信的封口开着,信纸皱巴巴,显然已经被很多人传阅过。信极简单:"我走了,房子归你。有空给我爸妈去上炷香。"人们盯着小梅,想从她脸上看到些什么,小梅面无表情,他们只好用言语勾搭:"怎么走了呢,你俩不是挺好的?什么时候回来啊?"他们问着,没过分期待能得到答案,只是在小梅脸上拼命寻找想要的证据。人们死盯着小梅,多年前那些流言和眼前小梅拼命遮掩的暗伤早就把真相供出来了。

"说到底就是没缘分。""兴许有下家了。""能那么狠心?""人家是谁你是谁?比得了?"

风言风语小梅都听见了,他们存心让话随着风灌过来,小梅当没听见,只知道这一切都结束了,挺好的。

第五篇 小梅 223

这会儿小梅不知道，在她躲起来的这几天，小孟找以前的狱友伪造了房产证明，用极低的价格卖了服装店，抵押了房子，把小梅这些年辛苦积攒的一切都拿走了。知道了又怎么样呢？堵在门口等着收房子的人是债主，小孟更是。别人不知道是她欠了小孟，他让她一次性偿还了。挺好的，现在真的两清了。

小梅没掉眼泪，她白手起家过一次，她以为这一次她也可以。但生活的残酷在于它不会对任何人手下留情，你觉得已经艰辛到了极处，它又来雪上加霜。小梅几乎是在家徒四壁的时候，接到了娘的信，娘肚子里长了东西，需要手术。小梅把仅剩的首饰变卖了，凑了钱寄过去。

再高的心气儿也扛不住接二连三的坎坷。小梅病了一场，整个秋冬恹恹的，开春出门，人们见到了一个消瘦的女人，他们开始喊"梅姐"。小梅笑笑，眼角堆起细纹，目光中有怯和讨好。人们惊讶，她以前很少笑，如今怎么转了性？他们不知道，这是小梅和命运妥协的结果。

小梅真的累了。做生意没本钱，找工作过了年纪，就连在夜市帮人看摊儿都被嫌弃。夜市赚的是街坊钱，谁会愿意光顾一个丧门星的摊位呢？小梅被老板们客气劝退——不是你不好，实在是家里亲戚来了要照顾；不是你不好，主要是本儿小利薄没法雇人……你总不能为难我吧？

小梅只能打零工，帮饭店穿肉串，帮洗衣店做零活。再没了之前精致神气的架子。她老了，憔悴，邋遢，和以前判若两人。这下人们真不明白了，她怎么过成这样？就算小孟弄走了些钱，她总还有点私房钱吧？又不是正经两口子，难不成她会傻到不给自己留后路？要么就是还有什么瞒着人的花钱的嗜好？又是把人往脏里砸的凭空揣测，没灰也砸出一身污秽来。

这下小梅连零工的活都断了。她急了，不明白自己努力半生，怎么活成了今天这样子，她不亏不欠，老天爷为何就不肯放她一马？她哭了一夜，好像把一辈子的眼泪都要流干似的。

第二天一早，去早市买菜的人们看见小梅光着脚站在路口，拦住每一个路过的人，把汇款单举到人家眼皮子底下，嘴里嘟囔着，你看看，你看看。人们闻到她嘴里喷出的浊臭气味，看着她通红的眼睛，慌乱点头说知道了知道了，然后快步躲开。

也有人真好好看了，那上面标明的是小梅的汇款金额，收款人是她在山东的娘。娘病好了，需要调养，小梅不能不管。那些曾经嚼过舌头的多少有些汗颜——他们知道这是小梅在求一条活路。小梅从来不怕被人说，可她心疼她那寄人篱下的娘，要是没钱过去，娘的日子就没法过了。这些话不用说，都是当儿女的，大部分也都当了父母，将心比心，都懂。何况眼下的小梅再不会引起任何嫉妒，老，穷，无依无靠，她太可怜了。

闲言碎语停了，人们甚至愿意告诉小梅谁家又开始招临时工了。可惜那些老板心有余悸，更不想给本就惨淡经营的生意平添一层风险，小梅还是找不到事做。不知谁起了念，给小梅再找个男人吧。于是街里街外单身的老光棍都被带到了小梅眼前，小梅一概不点头。老光棍看着曾经的鲜花，心里一阵唏嘘，也不想勉强。他们想说小梅怎么变成了这样，小梅将来应该不会总这样。

9

小梅终于走了一步好运。也是仗了熟人跑去游说洗衣店老板，让梅姐去站柜台，虽然活计不轻松，但好歹有份收入，可以安身立命。老板本不愿意，最后还是因为久未露面的丽娟搬出自己在税务局上班的丈夫说话，这才堆着笑脸答应。

丽娟和小梅很久没见了，久到彼此都觉得那些经历是上辈子的事儿，两人是上辈子的朋友。时间令那点恨烟消云散。丽娟胖了，有这个年纪应有的丰腴，依旧白，脸上没什么皱纹。人说这是富贵相。她虽然坐了牢，但回来后一直顺风顺水，听从家人安排嫁给一个司机，本图着人老实本分，哪想还是个有谋划的，这些年下来从司机爬到了领导岗位，手里握着不大不小的实权。她偶尔回娘家，断断续续听说了小梅一些事。自己越好，便越觉得对不住小梅，要不是她当初一怒之下给李忠去了信，小梅怎么会落到如此地步？现在她打心眼里希望小梅好，所以真心帮忙。"欠人家的总要还，还了心里就踏实。"这话当年小梅总说，现在丽娟也这么说，丽娟还说："以后有难处了就说话，咱们毕竟姐妹一场，我不管你谁管你。"小梅点点头，脸上露出许久不见的笑模样。笑还是怯的，带着一抹讨好。

后来人们想，若不是李忠找来，小梅以后的命兴许就不一样了，起码能安安稳稳过下去。

可惜他来了，这个只活在流言中的男人某天突然站到小梅眼前，小梅正在签裤脚，针尖洞穿手指，血涌了出来。

李忠当初听到了传言，在盛怒之下便写了那封分手信。又很快和部队医院的护士结了婚，谈不上什么感情多深，平平淡淡过日子。直到孩子六岁，李忠被派驻到贵州周边村县。妻子觉得穷乡僻壤不适合孩子上学，两人便开始分居。后面的故事也不新鲜，妻子有外遇，闹离婚，孩子跟了母亲。眼下因为生病，李忠要不久于人世了，回看一辈子，牵挂已经不多，又想到小梅，也谈不上是恨或者爱，只是想看看，好像人老归乡一般的追根溯源。等真的看见小梅穿着满是线头的旧衣，苍白憔悴的样子，他想他或许不该来，因为一切物是人非。

到底是来了，总不好转身就走。

"我当年一时冲动，太年轻。

"不敢说后悔，就是觉得对不住你。

"这些天总想起从前，其实你挺好的。"

其中有几分真心无从评断。

小梅一直没开口，她只是默默地用卫生纸包住手指头，继续签裤脚，签好了便上熨斗，压出笔直一条裤线。"我听说了，那件事你是冤枉的。你也是，怎么就不跟我解释一句呢？"他到底是走了，没等她回答一个字。小梅嘴角甚至牵出一丝苦笑。

直到李忠走了很久后，小梅才猛地抬起头，忽地冲出去，想要追上他，好像有一肚子话要说，可惜他已经不见踪影。

就是从那天开始，小梅好像有些疯了，她想不明白这一辈子到底是哪儿错了，怎么会一步步败落至此，怎么连最后一点往昔都留不下？她找不到答案，生给自己逼疯了。

也是从那之后的某天夜里，小梅开始拉着简易音箱到彩电塔夜市卖唱，一首五块，歌单不长，头一首是《何日君再来》。小梅嗓子还在，但记不住歌词，妆又太过浓艳，走到谁面前都直勾勾地看着人家。开始还有喝醉了的男人愿意花五块钱捧场，可小梅不唱，只问你们谁能找到他？你们帮我找到他好不好？我还有话要说呢。小梅不说他是谁，也不说到底要说什么，眼神像涂了血的钩子，要将人勾得魂飞魄散。

第五篇　小梅

总要到夜深，小梅才肯回家，路灯把她的身影拉得很长。她会在路灯下站定，脸上涌起一个谁也看不见的笑容，对，就是这条路上，她被小孟拦下了。后来答应去生日舞会，一来是感谢他帮她赶走了其他劫道的，二来是想跟他说清楚李忠的事儿。她和李忠说好了，等他毕业就向组织递交结婚申请，到时候她就会离开会武街，先去204婆家住一阵子，然后随军，去哪里都行，只要和李忠在一起就行。她想她一定要说出口，不能让他误会，也别让自己误会了。

可惜这些话都没机会说出口呢，一切都乱了。生活硬是拐上了另一条路。

她在路灯下把音箱打开，一个人起舞。她这辈子总想活得更好更美些，可到底怎样才能做到？

第六篇　回声

好吧，现在开始，我准备说些实话。以下这些文字，就算并非切实发生过，也确是我内心真实所想。我不会歌唱友谊，也没打算赞美爱情，只想要诚实面对自己与生俱来的那点劣根性。这很不容易，生活琐碎庸常，未竟之志让阴暗面如春草夏雨不断滋生。成长所需，被生活教育，我在人前戴上了面具，厚道善良，行为规范，试图融入众人。

伪装是铠甲也是锁链，我曾以为可以这样一直活下去，得善终。我高估了自己的忍耐力。当最终成为警方通缉的对象，遁入北方边境密林时，看到从未见过的冷冽清爽的阳光，我隐藏的所有全部曝光，想要隐遁于人前的恶也随风铺散在苍茫白雪间。我蹀碎脚底深藏在冻土下的草根虫卵，感受到从未有过的痛快，那一点点后悔被寒风吹散，触目荒凉广阔，身在其间仿佛得了解脱。

1

二〇〇八年，我三十岁。这是一个发生了很多被载入史册的大事的年份，之于我也发生了些许不足为外人道的变故，辞职，离婚，搬回会武街的老房子住。

这三件事发生在同一天，因为我和前妻共同经营了一家小旅行社，名义上她算我领导，在办好离婚手续后，这个曾经柔软多情的女人命令我从办公室和家里彻底滚蛋。她说，余朝阳，我这辈子再也不想看见你，你就跟你的狐朋狗友一块儿烂死吧。

狐朋叫胡鹏，狗友叫苟小利，都住会武街，前后楼。小时候家长没空接送孩子上学放学，我们仨结伴一起走。一个到家，另两个也能到家；一个不见人影，仨家长出来找。南运河边，青年公园假山，菜行冷库，一抓也是仨，没跑。

胡鹏正月生，一张国字脸，五年级就蹿到了一米六，可惜后力不足，现在也只有一米六五，这成为他人生最大遗憾。第二大遗憾是熬到三十了还是光棍一条，因为死活要找一个一米七以上的姑娘，不达目的誓不罢休。可惜高个子姑娘眼光也高，要求学历工作有房有车。胡鹏初中毕业，技校肄业，接他爸的班开出租，和老妈挤在三十平方米的一居室里。胡鹏对朋友极抠门儿，对姑娘却很舍得，只要兜里有，基本要啥给啥。问题是这"有"实在太少，太原街的新世界、中街的恒泰，凡是姑娘看中的，他都买不起。胡鹏妈为此长吁短叹，恨自己不争气，又恨儿子太想争气，无解。我劝胡鹏适当降低要求，心灵美比大长腿重要，胡鹏愤怒地看着我，好像我是他通往理想之路的绊脚石。于是我改口说，还是你通透，心灵美太虚幻，大长腿看得见摸得着。

苟小利十八岁被选中当了空军，他爸请了近郊的厨子，搭红棚子，摆了一天流水席。半条街的人都去随了钱，我爸也掏了两百块，回来说酒桌上的五粮液是假的，虾也不新鲜，我还当他是嫉妒。后半夜他开始上吐下泻，街上救护车警笛响个不停，最严重的是前楼老吴家，儿媳妇连吃带打包弄了五盘虾回家，连没去吃席的老人孩子也没逃过这一劫。好面子的苟小利气得差点离家出走，宣称没脸当兵了，赌咒永远不会回来，他爸这才挨家道歉赔钱，承诺承担全部医药费，且答应老吴家在他们家浴池终身免费洗澡搓澡。

那年我也十八岁，满脸青春痘，火气四窜，看谁都不顺眼，近亲尤甚。我问我爸没顺带弄点澡票？我爸没搭理我，他正和我妈商量把我的谢师宴换到运河边的饺子馆办，贵是贵了点，但起码吃得安心，不被人诟病。我考上了本地一所大学，虽然不入流，但在我们老余家算是祖坟上飘青烟的喜事，必须张扬庆祝，还能趁机会收回这些年随出去的份子钱。我百无聊赖站在一边，继续惹他烦，我说你可看清楚你的账本子，别回头收的没有花的多，那就赔大发了。我爸连连点头，从抽屉里翻出一个挂着黄铜小锁的木盒，这是我家最值钱的玩意儿，里面藏着账本、房本、户口本，我妈一条金项链、一枚玉戒指。还有一块已经停了很久的怀表，据说是我爷爷留下来的，估计等到我当爷爷的年头能算古董。

那是一场以庆祝我的成功为名的宴席，实际上我在完成了被展览和接受夸奖的任务后，就给彻底丢在一边。所有人都以为我在别桌，可实际上我和胡鹏、苟小利跑到青年公园假山顶，喝光了从宴席上带来的两瓶老龙口，吹了一堆诸如来日以富贵相见的牛×。我们在山洞背阴处撒野尿，还和来骂人的环卫工人打了一架。我发誓只记得酒瓶子在他脑袋上爆裂的画面，一切都混乱极了，至于谁出的手，实在是想不起来了。当时四下逃窜，风在耳边呼呼响，汗水透湿了衣服，我感觉到不曾有过的恐惧紧张及兴奋。那天之后，我开始沉迷酒精，不想自拔。

两年后，我仍在学校醉生梦死，胡鹏成了出租车司机，专门开夜班。我无聊时候跑出来跟着押车，顺便和在夜店门口接上的女孩调笑。胡鹏经常因为目光过于猥琐，手脚不干净，被迫给人免去车费。也偶尔有姑娘不介意，嘻嘻笑，跟着我们去吃大东门外的司机盒饭。胡鹏这个时候总会异常兴奋，就算姑娘故意拿他的身高开玩笑也不介意。我在灌下两瓶啤酒后，毫不掩饰对这些姑娘的不屑。女孩们愤然离开，胡鹏一边催我结账，一边怪我坏他好事。可他下次还让我押车，还看着我对姑娘出言不敬。估计他心里也明白，就算我不把她们气跑，他也捞不到真正的便宜，还不如让我背锅，自家好继续做梦。我厚道，从不说破。

没多久，苟小利因为弄大了驻地附近镇上姑娘的肚子也被赶了回来。苟小利爸妈愁得直不起腰，抬不起头，干活没劲，做饭也是缺盐少油，天塌了一般。苟小利放下筷子，"老子在哪儿都能混出头，你们等着看吧"。

那段时间我们仨最常干的事是泡在浑浊的池子，把带着一股腥味的水拍在脸上，眼前一片迷蒙，未来迷茫如雾。胡鹏说等老子发达了，到时候让她们挨个求自己。苟小利说女人都无情无义，只有赚钱是正经事。我说你们信不信报应？他们似乎没听见。我冷笑，想酒，可惜手边没有，只能继续清醒。水雾蒸腾，我感觉到一阵窒息，只好把头埋在水里。我要继续过日子，只能假装什么都看不见。

2

我一直觉得我算是运气不错的人。比如能够顺利毕业，居高不下的旷课率和不忍相看的成绩，加上校外打架苦主和警察找上学校的事故，按理说我大概率会被劝退开除，宽容点处理也是个肄业，可当时正赶上系里要参与全市高校考评，为了全系乃至全校的荣誉，校领导只能昧着良心，压抑对我的厌恶，在毕业证书上盖了钢印。临别赠言是：小心做人。

找工作也是交了好运。本来我这个普通大学的毕业证算不上靠谱的敲门砖，好点的私人企业都看不上眼，我也做好了实在不行就去彩电塔夜市摆摊儿的准备，为此还让我爸血压飙升了一回。他说不指望你光宗耀祖，起码得把我供你念书的钱赚回来吧？你知道这四年你花了多少钱？我说我不知道，但你的账本子又厚了吧？你放心，我早晚连本带利还给你。说完我转身就走，胡鹏和苟小利在金碧辉煌等我呢。我爸继续骂娘，好在关上门我可以当听不见。

我爸年轻时候也有过胸怀天下的狂想，怎奈生不逢时，被我爷爷的资本家成分狠狠拖累，初中没念完就下了乡，整整九年在一个叫作西丰的地方修理地球。在日复一日的锄地改造思想中变成现在这样子——他清楚世界不会给他什么，所以也不会随便给予别人，哪怕是自家的老婆或者孩子。我妈天性乐观，说起码不用担心这死鬼外头有人，他太抠门，连吃碗面条都舍不得，哪个女的不开眼会跟他？我想起了胡鹏，我妈还是见识短了。但我什么都没说。从那个时候我就知道，人要想稍微活得舒服一点，必须要先学会糊弄自己。我妈永远以为我爸外头没人，我爸永远以为还有机会富贵，这样挺好的。

二〇〇〇年，中街的金碧辉煌是全沈阳最牛的场子，几百女孩分成若干组，穿着不同款的礼服制服学生裙穿梭在走廊包间，见客人齐刷刷喊晚上好，眉目俊俏，眼神精明。胡鹏盯着眼前一排白花花大腿，看哪个都眼馋，手指不知道该往哪儿点。苟小利见我窝在沙发里意兴阑珊的样子，顺手砸过来一个骰盅。今儿是他请客，桌面上的洋酒和果盘，加上点的姑娘，消费少说也得大几千。苟小利说我是我们仨里唯一的大学生，将来还指望着我鹏程万里，带着兄弟一起飞。飞不飞得起来先不说，我领情，冲着胡鹏喊，帮我选一个，不，选俩！胡鹏笑出了粉红色的牙花子。

那晚我和苟小利一杯接一杯灌酒，胡鹏带着仨女孩玩骰子扑克，输一回要脱一件衣服，不然就亲赢家一口。女孩不傻，耳环戒指项链手表都算件数，倒是胡鹏输了要给真金白银，一次一百，眼看着就掏出了他大半个月车份儿。苟小利骂"傻×"。是挺傻，人家三个摆明了一伙儿的，连偷牌带串供，胡鹏俩王四个二都被灭了。苟小利说余朝阳你琢磨什么呢，白瞎我这一瓶皇家礼炮。我说你都不如把酒钱直接给我，确实白瞎了。苟小利说，你也是个傻×。

第二瓶皇家礼炮喝剩个底儿，苟小利知道了我找不到工作的惆怅，拍着胸脯保证让我马上上岗。苟小利跟个离异富婆谈恋爱，简单说就是当小白脸。富婆开了家整形美容医院，吸脂隆胸割双眼皮，生意兴隆名扬东三省，马上还要开分院，正在招兵买马。我喝上了头，唤醒了心中不多的情义，我说算了，我不是好好上班的材料，不去祸害人家了，别回头连累了你。

苟小利被我一句话说醒酒了，看怪物一样看着我："你真是念书念傻了吗？你以为让你干什么去，当大夫？我发现她最近有点不对劲儿，你去帮我盯着点。"这下明白了，不用好好干活，专门听墙角找八卦，浑水摸鱼混吃等死就行，倒是适合我。看吧，鹏程万里一起飞都是场面话，糊弄别人开心了自己，谁都不吃亏。

我在整形医院混了三个月，帮苟小利拿到了富婆移情别恋的证据。苟小利堵上门大闹一场，得了笔现在看也不算少的分手兼封口费。我被扫地出门，走到医院大厅时还劝退了一个想来做双眼皮的姑娘，我说你千万别上当，这里头的医生以前都是干兽医的。女孩叫林佳，后来成为我的妻子。

林佳是个好姑娘，在旅游职高读的书。旅游职高是沈阳同类院校中美女最多的地方，据说那里的优秀毕业生会直接分配到大会堂当服务员，次一等也能当个空姐，飞国际线头等舱。林佳说要不是因为她近视眼，现在伺候的都是达官显贵。看她端盘子倒茶的专业程度，我信。林佳说，余朝阳，你是不是嫌我没学历，看不起我？我对天发誓没有。林佳白了我一眼，劲儿劲儿的。

她主要是跟自己较劲。没希望进京上天，那就必须得另辟蹊径高人一筹，要不怎么说她是个好姑娘呢，就这么想有出息，从来没打算依靠男人。她白天在旅行社上班，晚上学自考，周末上英语培训班。从牙缝里攒钱，打算近视眼手术和双眼皮手术一勺烩了，因为我的提醒省了钱，免遭了罪，自然产生了点好感。省下的钱后来还成了我们创业的第一笔储备金。

应该说，那是一段我前所未有，后来也不会再有的正经日子。在林佳的规劝和引导下，我到一家旅行社应聘做销售，了解行业，储备人脉资源，为以后打基础。这话林佳天天挂在嘴边，我说要不你给我直接文身上得了。她拧了我一下，这是她的小缺点之一，好拧人，不太熟的时候拧胳膊，在一起之后拧大腿。我大腿根儿青一块紫一块，有次洗澡被苟小利看见了，他居然认为是情趣，一脸羡慕。我可不觉得，敢情疼的不是他。

苟小利又找了一个丧偶富婆——常年吃素，对床笫之事兴趣缺缺，最喜欢带着他逛庙拜佛。苟小利说她这不是找男朋友，是想发展下线，在菩萨跟前请功。不过也有好处，每次从庙里回来，富婆心情顺畅，有求必应。苟小利戴上了金表，开上了宝马，他不念富婆的好，只领菩萨的情。我让他谨慎些，总感觉有人在暗处盯着我们，怕是之前的富婆破财心不甘，想找机会报复。苟小利说没事，她们比他要面子，不敢真闹。

胡鹏想让林佳帮他介绍个女朋友。入学旅游职高要求女生身高至少一米六五，他觉得这简直就是给他预备的。为了让我答应，特意请我吃了一顿烤肉。我胡乱点头，心里知道可能性不大。

林佳见过胡鹏和苟小利一次，判定他们就是拉我下水带我学坏的元凶。一个小白脸，一个好色司机，人品低劣，趣味下流。她没要求我立刻和他们断绝往来，是托了女性时尚杂志的福,上面有篇文章提到不要对男人限制太过,不然容易把人吓跑。林佳从善如流,我在外头喝酒撒欢儿,她也不会五分钟一个短信十分钟一个电话地查岗。有时甚至我不找她,她都不主动出现。约会时我说得多,她说得少,她喜欢轻松的话题,聊电影,讲明星八卦。偶尔也问,你们平时都在一起玩什么啊?我说还能有什么,男人的事儿……苟小利挺招老女人喜欢,胡鹏就喜欢不喜欢自己的。林佳认定胡鹏是射手座,因为杂志上说这是射手的标签。我劝她没事少看杂志。

林佳还有一个好处,从来不拦着我喝酒。她不喝,只看着我喝,知道我喜欢白酒,还托人从酒厂弄特供,专门给我喝。喝高兴了,我说你记住,男人都不是好东西。她笑,那你还跟他俩凑一块儿?我醉了,但没醉到忘我,到这就沉默不语。林佳也不生气,起身给我冲蜂蜜水。

苟小利、胡鹏都说,你命真好。我却总觉得心里不安,这么好的姑娘,为什么看上我?苟小利说,你他妈就是贱骨头。胡鹏说,走狗屎运还不知足。可能吧。她还能对我有别的企图?我一无所有,多余担心。这俩人聚在一起总是吵个不停,苟小利骂胡鹏抠门儿,蹭吃蹭喝就算了,还要打包是什么意思？谁的钱是大风刮来的？胡鹏骂苟小利忘恩负义，最开始要不是他成天开出租接送，让苟小利有面子，他能有今天？我一般只在旁看着他们急赤白脸，边想事儿，边把自己喝大了。

三年后，我和林佳结婚，说不上有多爱，只是没理由不结婚。结了婚，在别人眼里我过得更稳当了。我们的旅行社在同一年开张。爸妈对这个儿媳妇满意至极，我妈欣慰地拉着林佳的手，好像她是舍身挽救失足男青年的女恩人，恨不能在婚礼上给她献锦旗。林佳流露出几分羞涩，生把手抽了回去。会武街这些年娶的儿媳妇要么是商场站柜台的，要么是城郊种菜的，而林佳有自考下来的本科学历，有自己的事业，虽然父母远在国外不能回来参加婚礼，但丝毫没人说她的不是。不，应该说更添了一层威风，大家羡慕我们以后有可能移民，还说我爸妈这辈子注定要享福。我爸我妈笑开了花。婚礼上收的份子钱顶上了我欠我爸的账，胡鹏开着苟小利的车成功带走了一个伴娘，我也算完成了对他的承诺。

新生活即将开始，这是一个不错的开头，因为顺利我有些飘飘然，以为日后也将一路向阳。林佳工作能力卓越，足够让我在她的领导下偷懒耍滑。我可以像很多婚后无能的丈夫一样，以听话的名义享受碌碌无为的懒惰日月，偶尔和胡鹏苟小利一起吃喝玩乐，岂不快哉。

3

我是打算好好过日子的，爸妈催着要孙子，我计划戒烟酒，可林佳说不急，还是先赚钱，不能让孩子输在起跑线。这就不怪我了，旅行社不忙，大事小情林佳一手包揽，我有大把时间跟胡鹏苟小利混在一处，冬天滑雪温泉，夏天海边旅游，帮胡鹏约姑娘，帮苟小利钓富婆。我不能觍着脸说自己洁身自好，逢场作戏，偶尔放松，不算毛病。

我沉溺在这样的生活中，不高的欲求和现实完美匹配，我幸福得一塌糊涂，乃至忽略了林佳越发忙碌冷漠，甚至以太累需要更好地休息为借口搬去客房的事情。我没阻拦。夫妻分房是流行趋势，距离就算产生不了美，起码可以维持表面的和平。

林佳算不错的妻子，外头再忙也不耽误收拾房间洗衣服，哪怕是我只穿了一次的牛仔裤，她也洗得干干净净，熨得横平竖直。不怎么做饭,但叫起外卖来毫不小气。对我父母也很大方。有时半夜还会偷偷过来帮我盖被子。我必须知足。

胡鹏和伴娘只有一夜情分,他仍在致力于找个大长腿姑娘,历尽辛苦,痴心不改。苟小利说他太固执。我表示理解,一辈子说长不长说短不短,总要痛快一次。老天不负苦心人,胡鹏真还找着一个,姑娘差不多一米七五,看着比他高一头,大个儿干净白,面上没缺点,唯一遗憾是过往太过精彩——十几岁南下二十出头北归,在夜场谋生。真好看,据说当初差点被某导演选去做明星,可也真不是过日子的人,玩得太野,交友圈过于广阔,整天不着家。胡鹏见色起意,他妈觉得不对劲,多方打听,宁可吊死也不同意,生把姑娘骂出了门。其实不用骂,姑娘登门看到三十平方米老房子,已经想跑了。

胡鹏很长一段时间闷闷不乐,好像一辈子的幸福都毁于一旦。我和苟小利陪着喝大酒喝花酒,轮番结账。我习惯了开发票,林佳说公司要用,多多益善。我一边掏钱,一边劝他天涯何处无芳草。胡鹏酒后吐真言,他难道不知道那姑娘养不住?可哪怕结婚过一天,也能堵住满街看热闹的悠悠之口。那些话太难听,总结起来就一句,会武街一代不如一代。

苟小利点头,确实如此啊。比如他,看着光鲜,内里还不是一团糟,本想的是曲线救国,趁着年轻弄点本钱,做点好生意,让他爸妈尽早扔下搓澡巾,过上好日子。可谁知道投资不易,买啥啥赔,前段时间期货又折了,一夜回到解放前,只能继续委身于人。他难受,甚至恶心自己。于是他想在年轻姑娘身上找平衡,用甜言蜜语鲜花礼物攻陷年轻女孩,心里却从不珍惜,女伴换了一个又一个,女孩们伤心,他倒出言安慰:我不是好人,我不想害了你。

苟小利说不怪我们没本事,只怪没赶上好时候,要是早生个十年,赶上刚步入市场经济的春风,说不定现在也都是一方豪杰了。我和胡鹏又转过来安慰苟小利,山不转水转,谁知道以后没有发财的机会?

我们总是喝到天亮才散场,朋友的不幸让我对拥有的一切倍感满意,就这样浑浑噩噩地过下去,是我最好的运气。

4

忘了具体是哪天,反正我已经穿戴整齐准备出门,林佳拦在门口,把打印出来的银行流水单扔到我脸上,咬着牙问,曲雪是谁?

我不用抬头也知道林佳现在五官狰狞,不大的眼睛瞪成了铜铃。说实话,我倒是松了一口气,该来的早晚要来,与其等待暴风雨,不如干脆利落浇透了算。我等着,林佳做事缜密,一定还有下文。果然,除了银行对账单,还有手机通话记录,以及近几个月我谎称出去应酬的时间表。她借回访客户拉近关系之名挨个问过,证实了我一直在撒谎。

和所有妻子一样,林佳怀疑我有了外遇。她急冲冲地来回踱步,高亢尖锐的声音足以刺破耳膜和屋顶:"余朝阳,你凭什么?"

是啊,我凭什么?房子是林佳买的,家里每一分钱都是她赚的,连我父母生病住院送终也由她一手包办。结婚五年她几乎没有休息过一天,逢年过节走亲戚,碗没端稳就被一个又一个工作电话打断。我能做的至多不过是在她忙碌的间隙，隔靴搔痒说几句"累了就休息几天，别太辛苦了"之类不要钱的废话。林佳和我在一起，不图我有什么能力或梦想，她说过只要我踏踏实实跟她过日子，让她后院别起火就行。就这一条，也被那些证据证明我做不到。换成谁恐怕都无法接受。

而当时面对林佳的质问，我只觉得厌烦。就算心里清楚自己是个什么货色，但表面上经营的还是厚道仁义、淡泊名利的高尚角色。我一身清白，强过外头那些满身铜臭的男人不知多少倍，也强过为签一张单子忍受男人们借着酒劲上下其手的林总经理。她凭什么看不起我？我硬是盯着在阳光中翻腾的灰尘，一言不发。沉默是最大的反抗，这话充满了自欺欺人的味道，但此时用来正合适。

林佳说，余朝阳，你没话要跟我说吗？

我抬起头，说什么好呢。说我跟这个曲雪一点男女关系都没有；说我是被勒索的，并可能被一直勒索下去；说我也在努力找这个人，想办法解决这个问题。我说这些，她信吗？

林佳累了，远远坐在餐桌边，阳光在地上画出一条线，割下一整块阴影罩在她身上。她问，你俩从什么时候开始的？

天地良心，我们从没开始过。她还不如问，曲雪是什么时候出现的。

我永远也不会忘记那天，二〇〇七年七月三号。当天晚上八点，在十三纬路和会武街交叉口左拐二百米处的李家羊汤店，我和胡鹏、苟小利坐在最里面靠窗的一桌，桌上摆着一锅羊杂、两笼烧卖、一盘扒胸口、一盘明睛、一盘拍黄瓜外加两瓶老龙口。这家是正经清真店，羊杂汤奶白，烧卖个个兜油，肉片上挂着咸香料汁，明睛薄片晶莹透光，蘸上一点蒜泥辣椒，足够驱散所有不痛快。林佳说我生就穷人胃，享受不了法餐日料，只喜欢这种顶饿解馋满嘴香的东西。她倒是真了解我。

酒局和话题都是胡鹏起的，他为再次告白被拒痛苦不堪。胡鹏胖了些，常年开车不锻炼，肚子成了鼓，搁在小短腿上头，和上半身的脑袋胸脯成三等分，脸黑，皱纹见多，烟不离手，嘴里冒着臭气，眼珠通红，是熬夜的附赠。看他这样，苟小利皱了一下眉，他倒是更精神了，发型精致，身上散发着怡人的古龙水味道，一身看不出牌子的大牌衣服修饰出完美身形。信佛女友早已成为过去时，分手原因是苟小利冥顽不化，不能出自真心地信仰。苟小利为求复合，还跑到庙里住了半个月，最后实在受不了粗茶淡饭晨钟暮鼓才逃了回来。他现在正在追求一个留守富婆，资产不如前任，好在她的丈夫常年出国未归，成功指日可待。

苟小利看了胡鹏一眼："你也是轴，非要找那些够不着的，也不看看自己什么条件，凑合一个得了。"胡鹏火了，手举起来，恶狠狠地拍在桌子上，差点打翻酒瓶。他最不爱听的就是这两个字，凑合。他不觉得自己比谁差，只是需要等到一个识货的人。我赶紧打圆场："就是，就是，好饭不怕晚，说不定人姑娘已经在路上了，兴许明天就上门。"

我是好心，因为截至目前，我算过得最好的一个，起码在一般人眼里，我有正经妻子正经营生正经房子，爸妈头两年前后脚因为心脏病过世，留下待拆迁的老房子也算正经遗产。我善意宽慰，但胡鹏只能听出揶揄嘲讽，眼珠子猩红地瞪过来，我讪笑，不再吱声。幸好仨手机几乎同时响起了短信提示音，消解了一场毫无意义的争吵。

消息内容一模一样："还记得十一年前的今天发生了什么事吗？曲雪。"

三个人看后，几乎同时去够酒瓶，酒瓶落地，摔个粉粉碎。

服务员板着脸来扫玻璃碴，我们仨躲避彼此的目光。

想来谁都没忘记。也是这个时间，也是我们仨，青年公园假山，砸在环卫工脑袋上的酒瓶子……

提示音再次响起，又收到三条同样的消息："他死了，你是凶手。曲雪。"

不是，绝对不是。当时我们跑得飞快，没敢回头。第二天悄悄回去，地上只有星点血迹，除此之外再没任何其他动静，没人找我们，更没有警察登门。几天后，我看见我爸在研究买保险，他说有个环卫工摔倒在青年公园假山那边，人没了，保险公司赔了十几万。他是摔倒的，应该是，绝对是。

那现在的指控又从何而来？慌乱中我抬头看见另外两双同样茫然的眼睛。回想那场混乱的斗殴，和今天一样，大醉的三个人不分轻重地出手，如果有人给了致命的一击呢……或者只有各人自己心里清楚。我再不敢细想，冷汗直流。

这是我第一次看到或者说知道曲雪的名字,这是我和她的开始。

我无法将这个故事诚实相告,而林佳被我漫长的沉默耗掉了耐心,她让我滚。我无法解释,撒谎,祈求原谅,只能拿上钥匙钱包身份证,头也不回地走了。

5

我对天发誓离开家的时候没觉得会一去不回头,我的决绝源自终于可以暂停撒谎,用足够的自由时间去寻找曲雪。这半年以来,不仅是我,胡鹏和苟小利也同样,我们的生活被短信彻底打乱。

本来我们心存一丝侥幸,以为是有人故意恶作剧,想要讹诈骗钱,当下又叫了一瓶酒,壮足了胆量,决定置之不理。又不是警察或法官,又没有任何证据,凭什么给我们定罪?但之后每隔三五天,那个"曲雪"——我不知道这是不是他/她的真实名字——都会发来消息,区别是我们仨收到的消息不再相同。我并不确切知道他们俩收到的内容，但根据我收到的内容来推断，应该也是那些早被故意遗忘在脑后的黑历史。

好，我先坦白我的短信内容，包括但不限于学生时代考试作弊，找小姐，打架惹事再让我爸花钱摆平；出社会后配合苟小利私自调查、勒索他的情人；结婚后因为几次婚外性行为，染上了不可说的暗病，虽然已经治愈，但对日后生育有影响；等等。像这样的烂事儿，桩桩件件，曲雪仿佛可以扒到时间终结。

每条揭秘短信后面都会附上付款方式，有时是一个邮箱地址，有时则是一个账号，每次索要金额从几千到一万不等，封口费。我没有那么多钱，只能动用林佳和公司账户里的钱。

胡鹏和苟小利的情况更惨。胡鹏卖了车，苟小利刷爆了信用卡。富婆不满苟小利总心不在焉，选了另一个追求者，比苟小利年轻听话。胡鹏老妈见儿子娶不上媳妇又败家，脑溢血住了院。由此可见，他们的黑料可能比我的更多更黑。我特别不应该地觉得舒服许多。

胡鹏本想一走了之，但逃到外地人生地不熟，交通住宿吃饭花销太大，他属实心疼钱包。况且还有一个老妈呢，走半年一年，能走一辈子？苟小利没想逃，他必须要在面子里子被彻底撕碎之前解决这件事。两个人拿出转账单，问我能不能帮着报销了，我当着他们的面把单子撕碎。"这不是日常吃喝，做人总要有个底线。"他们没吭声。

后来我才知道，胡鹏撞伤老人驾车逃逸，还帮人运过走私烟；苟小利睡过一个未成年女孩，虽然女孩宣称自愿。当然，因为焦头烂额地忙于应对眼前的危机，我已经无暇感到震惊了。

在此期间，我们竭尽所能寻找曲雪。先彼此坦诚，试图找出我们生活中所有的交集点，虽然我们三个从小混到大，但能对我们仨同样了解到这种程度的人并不多。我们想按交集顺藤摸瓜，最后却无功而返。人家是有备而来，只查三个人，有什么查不到？

接着我们想到死去十一年的环卫工，这人多少跟他有关系，可结果环卫工是孤家寡人，没老婆没孩子没近亲。后来又去移动运营商找关系托熟人，调出号主的身份证信息，完全是个不相干的人，估计是用了别人的身份证，花钱办事，滴水不漏。可我们不敢放弃，哪怕只有万分之一的希望，也要把这个人翻出来。可她实在太过聪明，我们就像被戏耍的老鼠，在死胡同里撞墙，没有逃出生天的可能。

三天前她又发来一条短信："如果你还想继续这样虚伪的幸福生活，最好让凶手去认罪。你知道你还做过什么……"这该死的省略号让我对前半生再次进行了深刻反省，反省到底做过多少伤天害理的事情，问题是，我没想起来。可是我坚信她手里还有王牌，相比之前的那些，这张牌足够摧毁我，并且她这么了解我，大概也知道我基本算是把家底掏空了。好消息是看起来她打算结束这个游戏了。

我和胡鹏、苟小利约在铁西北二路一家叫作海洋之星的洗浴中心，这儿巨牛×，大厅挑高十七米，硕大水晶吊灯造价上百万，大厦二十几层，洗浴吃饭唱歌一条龙，电影院健身房酒店应有尽有，进了门不光有人伺候脱鞋递手牌，洗好了还有人跪着帮擦脚。服务好到足够让人忽视不便宜的票价，油然而生一种人上人的错觉，心甘情愿地继续消费，等出门结账的时候再后悔不迟。我选的地儿，胡鹏和苟小利都有些诧异。我说我也没钱，主要是图个赤裸相见还能找个隔音包房坦然说话。

如我所料，他们也都收到了最后通牒。我们仨裹着浴袍，包房灯光幽暗，门缝里挤进缥缈暧昧的音乐，我们面面相觑，猜谁是凶手。

胡鹏比半年前瘦了，肚子像泄了气的鼓，半垂在腰间，嘴里的烟臭还在，眼珠还是通红。他妈已经出院，但经常半夜喊疼，他很久没睡过好觉了。苟小利倒是没变，刚泡澡冲凉后还坚持吹好头发，喷上不少发胶，保持一副溜光水滑的皮相。看来就算世界末日到来，他也会光鲜离世。

我们沉默了很久，十几年前的那一幕因为间隔太远且被刻意隐藏已经无法复原，甚至在梦里，我们也只记得在山上的豪言壮语和出事后的一路狂奔。

到底是谁？

胡鹏用最短的时间制造出烟雾缭绕，然后躲在后面骂了一声娘："余朝阳，你要是个爷们就认了，兄弟不怪你。"

我愣了一下。

苟小利接着开口："朝阳，其实也没多大事，报纸上都说是意外事件，你去跟警察说清楚就完事了。"

很明显，他们已经背着我商量过了。我不能继续发愣了。"你大爷！你俩大爷！往谁脑袋上扣屎盆子呢？有证据吗?"

他俩不吭声了。是,他俩就是人证啊,要是他俩同一阵线统一口径,我跳进黄河也洗不清。什么叫人心叵测,什么叫大难临头各自飞,什么叫狐朋狗友,我算见识了。

我确实生气,也更加清醒了,这就是受过教育的好处。"你以为把我扔出去,这人就能放过你?别让人忽悠了。只要内讧,她就有办法把我们一个个咬死,不信试试。"我一边说,一边死盯着胡鹏。

我蒙对了,这损招肯定是苟小利想出来的,胡鹏不过是被蛊惑的那个。他没啥本事,根儿上还存了些憨厚。他躲开我的眼神,又点了一根烟。

我继续盯着他,他被看毛了,囔出一句:"我记得,小利也记得,你手里拎着半瓶酒,你说没喝够,要到湖边喝。"

我说过吗?不记得了,也许有,也许没有。但现在我只能说没有。

苟小利在一边冷笑:"余朝阳,我们帮你一起扛到现在已经够意思了,非得家破人亡才能算义气?"

好吧,话说到这个份儿上,什么情分都没了。我越发冷静,真没生气,只怪自己晚了一步,让人抢了先机。不过也好，你做初一我做十五，日后怎么办，大家各凭本事吧。

要不说我总还是个虚伪的好人呢，我结了账才走的。到这时我已定下心，其实只要我不认，警察不会只听他们一面之词，不过曲雪会咬死我不放，这倒有些麻烦。

事情接踵而至。胡鹏几乎天天被人投诉，赚的不如罚的多，后来干脆不上班。他总来找我，一个事，借钱。最后一次理由更充分："我要结婚了，我不结婚我妈闭不上眼。"我把卡扔给了他，刷爆，能透出来多少都算你的。可他还不死心，他问，要是能想起来到底是谁干的，曲雪那边是不是还能拿点奖励？我哈哈大笑，这就是猪油蒙了心吧。穷极了，谁的肉都想咬一口，就不怕崩了牙？他急了，说都问好了，人家答应给钱，起码会把之前要走的钱退回来。他说你怎么不信？我说行，就算她言出必行，你打算拿谁去换钱？

他一张黑脸这会儿黑透了，"反正不是我，"他半天才说出这句话，"不是你就是他，你们可坑死我了。"他说。想想又说："我不是那种人，只要你们对得起我，我不会出卖兄弟的。"

前脚赶走了胡鹏，后脚苟小利就找了来，张嘴就骂："胡鹏是脑子进了水吗？逮谁咬谁？"看来刚才那番话苟小利也听到过，胡鹏想借这个由头从我俩身上能榨多少算多少。苟小利说，我看就是他。我点点头，就算你说得对，你以为人家能信，能认？

这事从一开始就是个死扣。我越发觉得曲雪聪明，威逼利诱让我们狗咬狗，咬急了自然有人出昏着，比如投案自首，比如伪造证据。果然苟小利接着说，要是还能找出酒瓶碎片，是不是就能证明这件事？我盯着苟小利，自私可以理解，但把人往死里坑，过了。苟小利惯常看眉高眼低，知道自己越界，再不开口。离开前苟小利说他被毁到底了，不管看中哪个富婆，那边都会第一时间知道他的过往，现在算是臭了大街，以后不知道在哪儿找饭辙呢。

"余朝阳，还是你小子命好，有个能养活你的媳妇儿。""滚。"

他们都走了，我知道留给我的时间不多了。他们已经疯了，昏着出了一手还会有下一手。深渊不见底，烂叶下头有淤泥。

胡鹏真的结婚了。他用最快的速度娶回家一个姑娘——原本是在医院做护工的,个矮,脸黑,额头上还有一块胎记。我和苟小利都没去参加婚礼,但听说那姑娘干活是一把好手,伺候婆婆任劳任怨。

6

我像无头苍蝇一样四处寻找活路,可惜路路不通,几乎要放弃,准备听天由命的当口,居然发生了未曾料想的转机。我只能说林佳真是我的贵人,虽然她已经不正眼看我,也不跟我说话,但还是把一个出了差错的旅行团保险单扔到我眼前。给所有团游客户购买意外险是我为数不多的工作内容之一,本打算像往常一样闭着眼签字,突然我脑海中灵光闪现,记起我爸说过那个环卫工死后得了一大笔赔偿。有赔偿就有认领者,那个人说不定就是曲雪!

我蹦起来,紧紧抱住林佳,在她脸上狠亲了一下,又一阵风似的跑出门,没给她开口骂的机会。如果我当时回头,恐怕有可能察觉到她嘴角那抹讥讽冷漠的轻笑,那说不定是我扭转命运的最后一次机会。可惜我没有,只能朝着既定命运一路狂奔。

身为保险公司关系户，又加送了大红包，所以很快便找到了当时处理环卫工保单的经手人——现在的营业三部李总监。又是一个大红包，外加茅台海鲜，李总监终于松了口。

环卫工叫张卫国，死的时候五十岁，老光棍儿一个，有医院和环保所出具的证明文件证实他是因意外从高处跌落，头部受到严重撞击，颅内出血，未第一时间救治而导致身亡。这种情况并不少见。保单上的受益人是个年轻姑娘，据说是张卫国在公园湖边救下的孤女，算张卫国的养女，但没有办正规的领养手续。老头孤苦又心善，一直把她养在身边，总怕自己出了什么事姑娘一个人难活，这才买了份保险，提前给姑娘安顿好将来。

我按住狂跳的心脏，压低声音问，那姑娘叫什么，长什么样，还能找到吗？李总监喝得满脸通红，打了一个酒嗝，这是他上班后经手的第一起赔付，算刻在脑子里了。姑娘细高个，脸蛋儿白净，说话柔声细语，名字也好听，张映雪。

李总监真是喝高兴了，还答应冒着违规的风险帮我一个大忙，找出原始文件，拍下张映雪的身份证号码。他只问了一句，你找她干吗？我以"兴许是我家亲戚丢的孩子"当理由搪塞过去。李总监好一阵唏嘘，感叹自己虽然违纪，但办了多大的一件好事啊。

我认定张映雪就是曲雪，继续找关系查户籍。三天后，站在会武街最后一栋回迁楼的最后一个单元前，看着七楼透出灯光的玻璃窗，我激动于一切谜底即将揭晓。但怎么也没想到，还没等迈步上台阶，还没来得及改变自己被操控的悲惨命运，突然被暗处跃出的两个警察挡住去路："你是余朝阳？有人举报你侵占公款。经调查，你涉嫌职务犯罪，请跟我们走一趟。"

我愣了一下，转头才看到林佳的车停在巷子口。她为什么要报警？为什么选这个时间？一切发生得很快，我没时间再仔细琢磨。我急忙向警察解释，自己和林佳是合法夫妻，旅行社生意是夫妻共有资产，我花自己的钱怎么算违法？"我妻子报警是因为夫妻矛盾，她认为我出轨，一时冲动这才惊动了你们。她说的是气话，不能算数的。"

警察倒是有耐心，等我絮絮叨叨说完才拿出证据：公司是在我和林佳登记之前就注册的，跟我一点关系都没有。我动了账上的钱，就是侵吞公款。他们笑呵呵地看着我，流露出一点同情。即便林佳是出于嫉妒报警，但犯罪事实就是事实，我想平安脱身，还需要取得她的谅解。

我被关押在看守所，律师传了口信：离婚，净身出户，撤诉。

一个月后我和林佳办理了离婚手续。我问她为什么这么对我。她如实回答，胡鹏和苟小利都找过她，他们证明我没有出轨，但却和一件多年前的杀人案扯上了关系，他们希望林佳能说服我为了家庭去自首。林佳太了解我了，知道我骨子里就是个自私的浑蛋，她听完这些，只想自保，我答应净身出户就好。

真是操蛋的世界，操蛋的人心。我以为我已经够阴暗扭曲，但还是低估了别人的恶。我慢了一步，实属活该。

林佳说，余朝阳，你就跟你的狐朋狗友混死一块儿吧。说完她转身离开，我看着她苗条高挑的背影，心里惊了一下。忽然想起在我们婚礼上有邻居说看着她眼熟，问以前是不是来过会武街？她笑着说没有。

"许是那个人眼花了，这么大的沈阳不可能这么邪性吧。"这念头一闪而过，烦心事太多，我当下顾不得再细想。

会武街七楼已经人去楼空，曲雪或张映雪都再没出现。

我搬回了老房子，破败潮湿，阳光和灰尘一样死气沉沉地躺在地上。昏睡醒来，街头巷尾飘荡着关于我曾杀过人的传言，胆大的男人当面嘲笑，胆小的女人孩子见我就跑。我喝醉了，砸碎了几家玻璃窗，山东庙派出所的所长亲自和我谈话，告诉我清者自清，好自为之。我顺手砸了警车玻璃，被拘留十四天。

在这十四天没有酒精的日子里，我清醒又痛苦，往事像过电影一样从脑子里划过，婚礼上熟人的那句话再次跃出，我想我还有一件事要做，最后一件，我需要克服恐惧寻找一个最终答案。十四天后，我找到李总监，拿出我和林佳的结婚照请他辨认。

"是她！"他笃定。

怀疑成为现实，哪怕是九成九的怀疑，但总还有一线希望，现在全部幻想破灭，现实明晃晃摆在眼前，我觉得从头到脚被冻住了。原来我一直身在局中，原来我才是那个最大的笑话。我在缓过一口气后想要一个说法，必须要。我去了所有她可能出现的地方找她，毫不意外，她消失了。而胡鹏和苟小利一直躲着我，他们可能以为"曲雪"收手了，因为我已经受到了惩罚，还想怎么样呢，而立之年，失婚失业，身败名裂，已经是普通人最惨的结局。但我知道，她不出现，是还在等一个结果，她依旧在暗处盯着我，真正的结束远没有到来。

他们没想错，我确实已经失去一切。父母、妻子、工作、前途。这样的我适合给出结局。

7

胡鹏妈恢复得不错，现在已经能下地活动，有媳妇在家看护照顾，胡鹏重新弄了辆便宜车，继续开夜班，赚的比白天多些，也不耽误每周两天带他妈去做复健。他自己去，不愿意带着媳妇一起出门。她说，嫌我给他丢脸吧。我把水果罐头放在桌上，说嫂子辛苦了，多担待。她惆怅地笑了笑，手指甲抠着桌布，眼里有水光。

苟小利家的浴池还在营业，澡票从五块涨到了十块，搓澡工换了人，他爸妈都被他送到乡下亲戚家养老了。新来的搓澡工抱怨活少，提成少，说干完这个月就走。我给了搓澡工五十，让他给苟小利胡鹏带个话，还是羊汤馆，大家好聚好散。

我点好了羊杂锅，吃完一屉烧卖，胡鹏和苟小利来了。俩人见我都有些讪讪的，毕竟是把我坑了个底儿掉，要不是顾及都有家有口，知道我火了敢闹派出所，他们这次也不会露面。还有就是信了我那句好聚好散的虚伪话。

锅快烧干了，他俩咬定了牙关不开口，估摸也是事先商量好的，等我先说话，他们兵来将挡，水来土掩。我无奈地摇摇头，到了这一步谁说什么，怎么说，有什么关系呢。都不想说，那就不说，反正还有很多别的话题可以聊。比如北京奥运会金牌选手能得多少奖金，比如刚刚经历地震的灾区该怎么重建，比如沈阳越来越离谱的房价，当然还有姑娘们的大腿、中街的名牌。他们终于放松下来，开口要酒，三瓶老龙口，不醉不归。

我们说了很多话，甚至提到了年少轻狂时候的梦想，接着是沉默，我想他们早就清楚一切，意识到我们的友谊已经死了。我心里一片唏嘘，为终要承认这一切，为之前曾奋力拒绝承认这一切。

走出羊汤馆的时候已经是后半夜，小街人少风凉，半个月亮在云层里若隐若现。胡鹏抱了我一下说，对不住了朝阳。苟小利没说话，低下了头。我笑笑，顺势从胡鹏手里接过了车钥匙，反正这么近，我来开。俩人还没喝傻，都不同意，我没管，径自上了车，他们笑骂我是拘留所待上了瘾，说赶紧下来别闹了。他们看着我打开了大灯，然后轰了一脚油门……我没资格替天行道，我只是帮我们还债。让一切真的结束。

在连夜逃离沈阳之前，我给林佳打了电话。我能做的都做了，他们就算不死也是半残，现在你满意了吗？

我听见林佳在电话那头叹息，她说余朝阳，你们罪有应得。

"要是我没开车撞他们，你会不会放过他们？"

"我会亲自动手。"

是的，林佳就是曲雪，曲雪就是张映雪，当初那个被环卫工收养的女孩。那年她也十八岁，跟着朋友出去逛街，回家时发现养父受了伤，很重的伤。她要报警，抓那三个用酒瓶子轮番砸养父脑袋的浑蛋，但是被阻止了。养父想的是这样能得一笔保险金，够她日后生活。不然他住院要花钱，留下后遗症还要拖累人。养父年纪大了，环卫工的工作也做不长久，他宁愿自己死于意外，这是他最好的结局。

林佳说那一刻她清楚看见内心爬出了一条名叫自私的

虫子，那虫子噬咬着她，告诉她接受这个安排将拥有更好的生活，拥有很多挂在橱窗里的衣服，可以和其他漂亮女孩一样用最好的化妆品。她握着养父的手，在确定一切无法挽回后才打了120。

之后的每一天她都在煎熬中度过，摸不着看不到的良心开始复苏。要不是养父，她可能早就沦落街头，而她未报恩情，猪狗不如。她试图麻痹自己，丧良心的人多了，都安然过着，她凭什么不能？她有钱，年轻，长相不错，有很多办法让日子热闹蒸腾起来，比如醉酒放纵，夜夜笙歌，她在精疲力尽后倒头睡去，梦中总能看见养父那张慈爱的脸。她失败了，她憎恨良心的无处不在，如同憎恨自己。她一定要做点什么，不然她会崩溃，发疯。于是她选择报仇，对，找到那三个凶手，报杀父之仇，将功补过。

她费尽心机四处打听，终于找到一个目击者，证明有三个男孩在山顶喝酒，嚷着什么谢师宴不重要，哥们儿情分大过天。他们吵吵嚷嚷，看着就不像好人。有环卫工劝阻他们不要随地小便，还闹了一场。接下来的事儿好办许多，绕着青年公园找，几条街上办谢师宴的人能有几个呢。街坊四邻七嘴八舌。我和胡鹏、苟小利刚开席就拿着酒跑了,好几个人都亲眼所见。

可惜她没有证据,当年又拿了那么一笔保险赔偿金,全世界都知道她养父是意外死亡,想要报仇,还得另辟蹊径。因为有了明确目标,她恢复了好好生活的力气,她不着急了,慢慢谋划,等待时机。

林佳叹口气:"后面的事你都清楚了。"

我点点头,此时我已经逃离了沈阳,在一路往北的火车上,车窗外景色飞逝,在我眼中则凝固成一幅幅画面,比如我如何遇见她,比如我多少次问她为何选择我这样的男人。但我那时并没真心怀疑,和所有男人一样,我内心充满了自信,我当然值得人爱。

结了婚,她可以监控我所有行为,但因为我爸妈前后离世,让她放缓了节奏。我爸妈对她真心好,尤其是我妈,总说她才是亲生女儿,就算明知道她不会穿,每年也会给她做上一条新棉裤。她从小没人疼,知道珍惜,也不想再辜负。这才让我们三个浑蛋继续逍遥法外了好几年。

林佳说:"我给过你们机会的。"

我笑着说:"是,是我错过了。"

那些日子里,林佳一直想找到宽恕我们的理由。谁不自私呢，谁没犯过错呢，她还不是为了钱隐瞒了养父死亡的真相。人都会糊弄自己，找个由头睁一眼闭一眼，把安稳的日子过到老死。可我们所做的一切让她厌恶愤恨，压根儿不给她原谅的机会。我喝花酒还爱偷吃；胡鹏开车撞伤人逃逸回来还吹嘘自己多么聪明机智；苟小利一边花着女人钱，一边骂着女人傻，为他流眼泪，还不如多给他买一块表。我们林林总总自以为无伤大雅的小奸小恶，让她感到自责，每个被我们伤害的人，都成为她复仇天平上的一个砝码。最后加磅的是我过给她的那身脏病。她独自去了医院，打掉了还没成人形的胎儿。她再无法容忍，所有一切都化成箭，瞄准早就摆好的靶子。

我愣了，这是我没想到的，怀孕，流产……我那还没出生就夭折的孩子。我是个浑蛋。

林佳听懂了我的沉默和懊悔，她说，都过去了。

是，都过去了。孽债一笔笔，唯有死能抹平。"所以我们分房分床的那些日子，你都是在忙着给我们发消息。"

"是，也不容易呢。幸好我知道你的行踪，后来你因为要查曲雪的底去找的那些关系，我事先都打了招呼，让别人以为我们是夫妻矛盾，并且是你对不起我。余朝阳，你知道你多没人缘吗？他们都不想帮你，觉得要解救我这朵插在牛粪上的鲜花，必须要踢走你。"

我叹口气，果然是我的问题，查了那么久的人，居然只隔了一面墙，不光没人缘，脑子也不灵光。

林佳笑了："我们多久没说过这么多话了。其实你也还不错，知道自己是个浑蛋，从来不装好人。这也是你最可恨的地方，装都懒得装，你让我怎么办？"

我也笑，其实我装了，只是装得不太像。现在这样挺好的，桥归桥路归路。"你以前问我们三个为什么死活都要混在一起，现在我可以告诉你，就是因为我们共同埋藏了一个秘密。这秘密太大了，我们试图忘记，但根本不可能，它还埋在记忆深处。为了自保，我们必须狼狈为奸，打死不拆伙。其实我早就烦了，我讨厌我自己，我也讨厌他们。你算是把我解放了，我还真想谢谢你。"

天地良心，这是最大的实话，十八岁之后的每一天，我沉迷在酒精里，肆意挥霍，其实是在等着该来的惩罚。该来不来，寝食难安，实在不是人过的日子呢。所以我作得天怒人怨，企图让惩罚尽快出现。

火车一直往北开，我们一直聊，天快亮的时候她说，别跑了,跑不掉的。我说我知道,没打算逃走,天网恢恢,无处可逃,只是想最后享受一下心上大石终于落地后的自由时光。我让她保重,以后找个好男人,争取幸福。还有,我房间床下有个盒子,里头有我妈的金项链、玉戒指和一块有可能成为古董的怀表,她要是愿意的话可以留着做纪念。

她哭了。

这一刻我知道她说的都是真的。她曾真心想过跟我好好过日子,一起装糊涂直到老死,可惜我浪费了这个机会。

还有一句话,我很想问:"林佳,你有没有真心爱过我?"但没问出口,太矫情,不重要。

她问:"余朝阳,你恨我吗?会不会觉得我很可怕?"

我说:"我很佩服你。你错过,但知道改,知道弥补。你比我强。"

胡鹏伤了腿,苟小利断了腰,警方以肇事逃逸和与未成年女孩发生性行为的案件分别对他们进行了起诉。天网恢恢,报应不爽。

林佳认定自己也是个罪人,为了弥补这些年心中的悔恨，她把当年领到的赔偿金和至今全部的积蓄都捐了出去，远走他乡。

我在北方靠近国境线的密林里游荡，这里九月飘雪，晴天白日雪花晶莹，空气清爽，似乎能洗刷掉我所有罪恶。我不是个好人，从来不是。现在终于不用伪装，把所有的丑恶袒露出来，等待最后的判决。我躺在雪地上，听脚步声越来越近，警犬狂吠。我在阳光下眯起眼睛，等待终局。

我们各得其所。

后　记

我小时住在会武街外婆家。那时候住平房，家里种花，养猫，夏天在院子当中放一个水盆，太阳最好的时候，把盆里水晒得暖暖的，就给猫洗澡。猫不乐意，叫着跑远了，傍晚回来，偶尔叼一只老鼠。

外婆说这个猫不如之前的大黄猫。困难时期，大黄猫夜里跑去街道食堂偷馒头回来，外婆把馒头皮撕下来喂猫，剩下的都填了人的肚子。外婆一边说一边把小鱼扔给猫。有时候邻居家的小狗来玩，外婆正在吃鸡蛋，鸡蛋黄就给了小狗，因为它算"客"。本来是想写关于外婆妈妈和我的故事，以后写，想好了就写。

会武街往南不远就是运河。那时候运河还没整修，是散发着臭气的水沟，但不耽误我们跑去玩。大人怕我们下河，说河边有死孩子。这一下我们更有兴趣了，结伴壮胆，跑到河边探险，还真的看到过被丢弃在河边的死婴。这就是《会武街杂事》的来历。

从一个短篇，到创作出一个系列故事，我脑海中的会武街有时清晰，有时模糊，这就是游子心中的故乡吧，永远在，只是不知道还会不会回去。

会武街有很多有趣的人，活得"生性"。这个词算沈阳土话吧，解释出来，就是有点生猛，有点混不吝，有点随心所欲任意妄为的意思。生机勃勃，不矫情。可能都没有什么值得歌颂的理想，但是在自己的日子里用力地活。挺好的。就算活不成自己想要的样子，尽力了，也挺好的。

沈阳是故土，会武街是摇篮。给我灵感，希望生生不息。

会武街还在，日月如常。鸽子笼一样灰扑扑的房子在某次领导视察的契机下，被重新粉刷了外墙，鲜艳的漆掩盖不住原本的破败粗粝，越发欲盖弥彰。底层门面房统一更换了招牌，再看不见偌大的酒馆灯箱，生出一种平等的假象。

人们倒还是活生生的,来了走,走了再有新人来,更迭快到不够把彼此记住。不过好在人们忘了的,街记得住,树记得住,间或有我这种喜欢捡起传言,穿成珠串的人帮他们记住。

非完人圣人,也不算大奸大恶,他们在各自的命数里挣扎起伏,爱恨交加,只求活得尽兴。我喜欢这样的人,热腾腾明晃晃,带着不肯砍掉的硬刺、无法抚平的伤疤,闹腾人间一场。

图书在版编目 (CIP) 数据

会武街往事 / 赵彦之著. — 北京：北京十月文艺出版社，2024.8
ISBN 978-7-5302-2384-0

Ⅰ. ①会… Ⅱ. ①赵… Ⅲ. ①短篇小说—小说集—中国—当代 Ⅳ. ①I247.7

中国国家版本馆 CIP 数据核字 (2024) 第 070326 号

会武街往事
HUIWUJIE WANGSHI
赵彦之　著

出　　版	北 京 出 版 集 团
	北京十月文艺出版社
地　　址	北京北三环中路6号
邮　　编	100120
网　　址	www.bph.com.cn
发　　行	新经典发行有限公司
	电话 010-68423599
经　　销	新华书店
印　　刷	河北鹏润印刷有限公司
版　　次	2024 年 8 月第 1 版
印　　次	2024 年 8 月第 1 次印刷
开　　本	850 毫米 ×1168 毫米　1/32
印　　张	9
字　　数	131 千字
书　　号	ISBN 978-7-5302-2384-0
定　　价	45.00 元

如有印装质量问题，由本社负责调换
质量监督电话　010-58572393

版权所有，未经书面许可，不得转载、复制、翻印，违者必究。